저자의 말

　가끔 웹싸이트를 써핑 하다
　어느 단체장님의 권유로 문학 세계에 발을
내디디고 새로운 세상을 보았던 것 같습니다.
그토록 타는 갈증을 앓고 있었었나 싶기도 합니다.
지금의 이 세계에 빠르게 푹 빠져들었고
오늘 이 자리에 이르렀으니 말입니다
20년 전의 저는 세상의 테두리 안에서 살아가
기엔 준비가 전혀 되지 않는 청천벽력 같은 날의
연속이었습니다.
아무것도 모르는 바보 그 자체였습니다.
그러나 문학을 하는 사람들과 어울리면서 위로를
받았고 숨통이 트이기 시작했으며 그 초라함으로
첫 시집을 지었고 이제 세 번째 시집을 출간하게
되었습니다.
지나온 시간을 돌아보면 지금과는 다르게 긴장과
두려움에 사소한 말 한마디에도 상처를 받았으며
실의에 빠지곤 했던 것 같습니다.
어쩌면 나에게 세상은 살아가는 연습을 혹독하게
　치러야 하는 삶의 과정이었으며, 감추고 싶은
부끄러움이기도 했던 것 같습니다.
시를 통한 돌파구가 없었다면 이 세상 안에서
　살아가는데 불필요한 마음들을 걸러 내지도
　　　　　　못했을 것입니다.

   제3시집은 초라하게 덮어 놓았던
지난날의 이야기를 묻어만 놓기엔 기억에서도
영원히 지워질 것만 같아 꺼내어 놓기로
했습니다.
성숙하지 못한 나약한 마음을 글이 뭔지도
모르면서 그냥 써 내리기만 했던 파문이었습니다.
일기장이라고 하는 게 더 어울릴 듯합니다
아무튼 드러내는데 용기가 필요한 결심이었습니다
오늘은 2021년 10월의 마지막 날입니다.
녹색을 버리고 높아진 하늘을 오르는 갈색은
가을이 멀리 가고 있음을 알려주는 것 같습니다
진한 꽃 향과 초록이 여름다웠던 여름이 엊그제
같건만 화려한 단풍이 계곡 깊숙이 신작로를
만들고 하얗기만 한 구름도 차갑게 느껴지기
시작하는 11월이 내일입니다
여러분은 올가을 어떤 것들을 보고 무엇을 꿈꾸
셨을까요? 인연을 또는 성공을 어떤 이는 사랑을
바라기도 했을 겁니다
저는 여러분이 "벽시계의 하루"를 펼쳐놓고 늦가을과
겨울의 문턱에서 그 누구보다 행복하고 즐거운
시간이 되시기를 바라는 마음입니다
   아울러 이 책 속의 시 한 편이 차 한 잔과 같은
      따뜻한 위안과 공감이 되었으면 합니다
            감사합니다.

작가의 일기

순서

4부 = 붉은 등이 체킹 중에 멈춰있다

1부
잃어버린 밤

벽시계의 하루

서슬 퍼런 초침
끼니도 잊은 채
자정을 넘어가고 있다

문턱을 넘어온
비릿한 달빛 사이로
들려오는
거친 숨소리

잃어버린 밤
엇갈리는 뼈마디의 비명
나이를 먹지 않는 맥박은
심장 속으로 폭풍처럼 잠적한다

적막이 누운 자리
천국과 지옥을 오가는
빈맥1)의 공황은
방바닥에 깔린 초침 소리뿐이다

---

1) 잦은맥박

억새

그렇다
흔들리는 것이 아니라
해탈의 몸부림이었다

그 속에서 하얀 가사포
너울대는 너를 보았다

품어주던 바람도 아닌
가버린 철새의 여운도 아닌
그저 혼자 참선하는
2)안심입명의 추임새였던 것을

계절이란 이렇게
알 수 없는 수많은 음표가 떠돌다
관통하는 열반인 것을
반백을 넘고서야 알았다
백발이 되어 버린 너의 얼굴에서

---

2)마음속의 모든 번뇌와 망상을 잠재우고 편안하게 천명에 맡김

비 오는 날

어슴푸레한 허공
마당으로 내려앉는 발걸음에는
못다 한 이야기가 조잘댄다

문 앞을 지나는 바람 한 점에도
점점이 떨어지는 흔적

쉼 없이 그려 내는 돌고 도는 향기
빗소리를 닮은 한바탕 웃음

고열의 가마에서 태어난 배부른 아리
아무 일 없었다는 듯
앉아만 있는 지난날의 이야기
토닥토닥 악기 없는 박자가 수다스럽다

나는 오늘 비를 마주한다
숨겨 놓은 이야기를 풀어 놓기 위하여
묵묵한 가슴을 열어놓기 위하여

향기

꽃잎이 난분분하여
사뿐히 내려앉는
좁다랗고 호젓한 길

가고 없는 귀하의
떠돌아다니는 좋은 냄새는
내 심장이라도 관통할 듯
시퍼렇게 날을 세운다

억겁의 세월이 지나도
결코 닿을 수 없는 인연
봇물 터지듯 쏟아내는
흑백 영상

해마다 오월이면
치러야만 하는 행사처럼
폭열을 뿜어내는 육신
기운도 없고 오한이 난다

엄마가 아니었다면

무엇으로
호화롭게 많이 차린 음식을
얻었을 수 있었겠는가

다 내어주고 뼈만 앙상하신
어머니의 가슴과
늘 곧게만 서 계시던 두 다리는
억척스럽게도 사랑의 향기로
나를 키워 내렸습니다

몸을 씻겨드리며 밀려드는
이 아픈 떨림을 어이할거나
얼마만큼
이 못난 딸을 사랑하는지를
망각한 채 나 살기 바빴습니다

오늘 당신과 시간을 보내며
끓어오르는 감정의 복받침을
정리할 수가 없습니다
엄마가 아니었다면

그런데 지금도
어머니와 삐걱댑니다
못된 성질머리 탓이겠지요.

이 밤 서쪽 하늘에선 무슨 일이

정갈한 어둠 속에
비수처럼 내리꽂히는
천채의 파란빛
삐뚤어진 3)숙운의 발아 지점이다

아무 일 없었다는 듯
늘 조용하기만 한
계수나무가 있다는 위성은
바라만 보는 반쪽짜리 연정에
오늘도 끝없는 미행

그려지지 않는 둥우리
무한대의 넓은 공간에 걸터앉아
짙게 내린 먹을 갈아
짓고 또 덧댄다

어엿한 그림이 완성될 즘이면
여명에 흔적도 없이 사라진 백지
시리도록 4)차호한
서향 하늘이 분통할 뿐이다

---

3) 날 때부터 타고난 운명
4) 매우 슬퍼서 탄식할 때 쓰는 말

풍경이 있다

잿빛 무한대의 넓은 하늘에
하얀 날갯짓으로 찍어내는 발자국
심장 끝까지 움푹움푹 패인다

세상을 다 밝힐 듯 뜨거웠던 옛사랑
소록소록 내려앉는
천상의 묵언 수행

탑에 걸려있는 추억
사뿐사뿐 하염없이 내딛는 겨울이면
아픈 기억들까지도
한 조각씩 사랑으로 기워 내신다

끝없이 쏟아내는 물오른 실루엣
온몸으로 매달린
아린 편지 하나
창밖이 시리도록 외롭다

이방인처럼 왔다 가는 첫눈
숨이 멎을 듯 벼랑 끝으로 달린다
차라리
모두 내려놓은 찬란한 고립이다

가을

급급한 속력으로
살품을 파고드는 낙엽
하늘을 오르는 갈색
쌉쌀하고도 개운한 가을바람이다

단풍이 계곡 깊숙이 신작로를 만들고
덫을 내린 황혼빛에
곤두박질하는 한 잎 한 잎은
시리도록 싸늘하니

숙성한 가을 틈바구니에
채무처럼 웅크린 만산홍엽
지금 당장이라도
피돌기를 멈춰버리기라도 할 듯하다

사각거리는 풀숲에 고립된 가을
수분이 빠져나가는 뼈마디의 비명
혈관을 타고 쏟아붓는 불치병의 파문이다

시골 버스는

쪼그리고 달리는 비탈길
적삼에 베이는 땀방울이
뿌연 흙바람에 정겹다

시끌시끌한 얘깃거리는
늘 험담과 자랑으로
덜컹거리는 바닥에 나뒹군다

장터 나들이에 이고 오신 봇짐
터진 보자기를 삐죽이 내민 얼굴은
어머니의 흐뭇한 웃음

없는 살림에 견뎌온 염원
장날이면 주머니 가득한 사랑으로
차장에 기댄 저녁노을
식어버린 밥상에도 구수하다

가을비

불태웠던 그리움이 빠져나간 자리에
고독한 빗물이 추적추적
시름없이 메워지고 있다

무수히도 정열로 빚어내었던
알싸한 사연
허공중에 마냥 머물러 있는데

겨울이 가까워지고 있는 건지
낙엽 소리 요란하고
냉기 서린 갈색 비
절기 따라 아픔으로 기울고 있다

가을의 심장보다
더 깊은 추억이 또렷이 흘러 지날 때
우산도 안 든 빗줄기
넝쿨째 먼 길을 나선다

혼자 감당해야 하는 운명처럼
한기 서린 5)난바다로

---

5) 육지에서 멀리 떨어진 바다

거미

배경 음악도 없는 실바람에
습관처럼 힘껏 저어 보는 동선
가느다란 은빛 연결선은
살기 위한 몸부림일지도 모른다

무중력인 듯 끊어질 듯
꿰매고 덧대고
혼신으로 그려내는 묵언 수행
청춘을 다 비워버린
직선의 가슴이 아슬아슬하다

굽이굽이 엎드려 겪어내는 고행
벗어날 수 없는 연결 고리
그냥 자연의 순리인 듯
삼라만상을 내려놓고 죽은 듯 미동도 없다
혼자 감당해야 하는 운명인가보다

떨어질 수 없는 하나의 선과 선을 엮어
허공의 벽에 보금자리를 만들었다는 것은
접경 선상에 있는 내일을 향해
마지막 한 올까지 쏟아내는 고통이었을 것이다

앙상한 긴 발가락만이
금방이라도
엇갈릴 것 같이 위태위태하다

아지랑이

천파만파 날아오르는 몸부림
혼혈의 빛이 그토록 눈부실까
해후의 기쁨이 이토록 따사로울까
차라리 비통이다

가는 길이 천공인데
저 푸른 허공의 강을 건너려니
두고 온 내 아래의 풀빛
서러워서 어이할까

갈 길을 줍는 실바람에
휘청거리는 발버둥
6)영매의 몸인가
공중부양 중이로다

세상에 왔다가는 욕망의 본능
흔적이 웬 말인가
사치일 뿐이로구나

---

6) 신령이나 죽은 사람의 영혼과 의사가 통하여, 혼령과 인간을 매개
   하는 사람

설

한없이 인자하고 본래부터 지닌 품성
십 년을 마주치기를 피하고
이십 년 미워만 하다 찾아와도
언제나 환한 표정이 못내 싱긋하다

살아오는 동안 빈둥대기만 해도
시도 때도 없이 사업에 실패해도
성공했다 오만방자해도
한계 없이 감정의 온도가 편안하고
그저 묵묵히 바라만 봐주는 한량(限量)

한결같이 끈기 있는 태도로 손짓하는
같은 모태에서 태어나 손잡게 하고
함께 울어 주고 웃어 주고
바다같이 넓은 등을 덥석 내밀어 주는
오지랖 넓은 인자함

하늘같이 높고 푸른 두 팔
푸짐하게 짐보따리까지 챙겨
또 보자는 참으로 위대한 날

2012. 01. 22.

아주 짧은 동안

황금빛 들과 산의
울긋불긋 곱디고운 단풍
칼바람 매운 추위
온통 하얀 세상에 맞서고 있다

어쩌면 막 깨어날
개나리와 진달래
목련을 불러낼지도 모르겠다

높이 날아오르는 종다리
푸른 강과 넓은 바다를 오가며
무아지경 안락한 발걸음일 게다

2012.02.03.

이끼

운무에 가려진 은둔한 세상사가
즐겁기만 한 축축한 땅
그곳은 언제나 온유한 사랑이시다

발아래를 구도하는 수도승처럼
다 품을 수 있는 하해와 같은 마음으로
늘 바닥에 엎드린 낮은 자세
온갖 꽃들과 숲에 가려진
첩첩산중에서 풍파를 겪어 내신다

억겁의 윤회가 이보다 더할쏘냐
먼지보다 작은 한 점의 육신에서
견뎌낸 시간을 한 조각씩
태고적 그대로의 모습으로
녹색의 자손을 매트 위에 곱게 앉히신다

부도 가난도 없는
잎과 줄기가 분명하지 않은
평등한 원시의 세상을 만들고 계신다

나는 어제도 보았다
계곡 아래 그늘진 곳에서
그들의 깨끗하고 고요한 세상을

봄

초록의 이파리에
흰색의 꽃들만 피운다면
어쩜 따분하고 싫증이 나겠지만

7)미려한 물감을 뿌려 놓은 듯
여러 모양과 빛깔들로
8)혜화를 이루기 때문에 곱다

새와 나비의 꽃노래가
고운 멜로디의 선물을 주기에

모진 바람도 안고 품으며
견뎌왔던 만큼
더욱 예뻐 보일지도 모른다

2012.03.02

---

7) 아름답고 곱다.
8) 은혜를 베풀어 교화함

인연

만나야 할 수밖에 없는 그런 사람이 있었으면
가슴이 두근거리고 설레기도 한 그런
그리워서 목이 메고
어렵고 힘들 때면 생각이 나는
다음 세상이어도 좋다
한 번쯤 스치어라도 보고 싶다
눈빛 하나만으로도 마음속까지 느끼는
그래서 가슴이 더 아린 그런 사람이
너였으면 좋겠다

2012.03.10

봄바람

한창때의 바람이 살랑이는 날에는
사무친 사람 하나 마음에 담고
심중까지 스며오는 정겨웠던
그때로 가고 싶다

햇살 드는 창가에서
마주하면 참으로 좋으련만
찻잔 속에 숨겨둔 흔적
일렁이는 분홍빛이 아련하다

이 모두가
봄에 흐르는 공기의 움직임이기에
미련만큼 밉지는 않다

2012 .03. 17

비가 내리는 날에는

슬픈 곡조가 흐르고 있는
깊은 이야기를 담은
비가 내리는 날

그윽한 냄새가 있는
차 한 잔을 놓고 마주 앉아
따뜻하고 정다운 눈 지그시 닿게 하고
익살스러운 미소로
얘깃거리를 만들던 사람

아무 말을 하지 않아도
눈빛을 타고 전율이 감지되고
불빛이 화려하게 비치는
창이 넓은 카페에서
흘러내리는 빗물을 읽어주던 사람

이렇게 애잔하게 속삭일 때는
가슴에 깊이 담고 있는 사람이
그리워집니다

2012. 04. 03

5분만 더

찌르러찌르러
어느 한 시점을 알리는 소리가 시끄럽다
손을 내밀어 다부진 음성을 잠재운다

조금만 더 5분만 더 눈을 붙여도 좋겠다
폭신한 이부자리 속으로 눈 코 입 머리를
비비며 잡아당겨 파묻는다
억울하게도 생각하고 판단하는
그곳은 일과로 번뜩인다

안락한 솜이불의 유혹을 떨친다
어둠이 짙은 창 너머에는 장막이 무겁다
새벽을 열어 줄 준비도 없다

분세수9)하고 옷도 나름 멋지게
핸드백을 챙기고 현관을 나선다

승용차 발동의 음파가 귀청을 울린다
4월의 아침 찬 공기를 쪼개고 분리하며 도착한 일터
향기 짙은 커피 한잔에 또 하루의 바퀴가 돈다
2012. 04.18.

---

9)세수하고 분(粉)을 바름

오십 줄에

수줍은 듯 피어나는
연분홍 복사꽃을 가까이에서 볼 때도
꼬물거리는 개나리꽃을 바라만 보아도
잠에서 깨어나 보송보송 비비며 내미는
은행나무의 뾰족한 이파리를 눈 안에 담을 때도
심장 저 깊숙한 곳에서
살갗을 찌르는 듯 솟구치는 전율을 느낀다

누군가 그러더라
늙느라고 그러는 거라고
오늘은 여름을 재촉하며
봄을 시샘하는 비가 내리고 있다

이리저리 마구 내두르는 지경에서
벗어나려고 애를 쓰는 꽃잎
바람이라도 불라치면 질러대는 소리가 시끄럽다

아름답던 흔적도 사라지고
고사리 손가락으로 매달린 채
울먹이고 있는 모습이 누구일까
2012.04.20

새벽을 여는 소리

모닝콜의 요란은 습관이다
따라나선 눈꺼풀
기미도 없는 창을 넘어
시끄럽게도 달려 나간다

훅 파고든 냄새는 심장 안이 습하다
까맣기만 한 동쪽
바쁘게 여는 까치는 중이염의 원조다
승진이라도 있으려나

밥줄에 충실은 확실한 이유
기지개는 냉수 한 컵에 샤워하고
신발은 재빠르게 앞장선다

회색빛 안개가 무지막지 장막이다
차창에 부딪히는 새벽의 아우성
수채화를 옮겨놓은 협주곡
썰렁한 들판이 몽환적[10]이다

2012. 09. 03

---

[10]현실이 아닌 꿈이나 환상과 같은

살아 있음

앞만 보고 살아온 시간이여, 억척스레 살아온 흘러간 세월아, 흰 머리칼 하나둘 해이며 살던 중년이 엊그제 같은데, 어느새 머리를 통째 색칠 해야만 하는 50의 중반으로 치닫는구나

생각해 보니 마음만이 황폐해진 게 아니라 곱고 곱던 육신마저 바람 새어 나간 풍선처럼 힘없이 쳐지고 색깔마저 우중충하니 바래었구나

이제는 먼저 간 사람도 희미해져 가고 사랑 없이는 못 살 것 같던 날들도 거북이 등 같은 갑옷으로 포장되어 감각도 감수성도 없을 줄 알았던 일상

인연으로 마음속 저 깊은 곳에서 꿈틀거리며 솟아오르는 날개를 펴고 퍼덕이기 시작했다

잡초같이 세파에 시달리면서도 옆 눈길 한번 안 주고 살아온 저쪽 너머를 건너다보니 오래전에 내보내야 했던 사건에 노예가 되어 살아온 아련한 세월

이도 저도 아닌 것 같은 중년에 묘한 색깔의 언덕에서 가끔 불어 주는 바람을 맛본다

2012. 11. 19.

산행

잿빛 하늘이 무겁다
산인지 하늘인지 알 수가 없는 중턱에 서니
헉헉거리는 사람들이 하나둘씩
원색의 옷을 입고 재잘거리며 지나간다

입속을 박차고 내 뿜는 거친 숨소리
집어삼킬 듯 산허리를 돌아 메아리쳐 오고
사보작 거리는 빗소리의 익숙한 음성
산사의 흠뻑 젖은 풍경소리가 내 안을 강타한다

무거운 공기를 가르고 달려온 산
우산을 꺼내어 바치고 물 한 모금을 마셔본다
언제나 내어주는 크고 작은 등에서
초췌하니 빗물에 나뒹구는 나를 본다

눈으로 다시 태어나 정상을 향한 비
질척거리는 흙탕길이 짤깍짤깍 미그러진다
묘한 감정의 멜로디가 희뿌옇다

2012. 12. 03

어머니1

내 안에는 언제나 생각만으로도 울컥거리고 눈물
이 날 것 같은 당신이 계십니다. 계절이 바뀌고
찬 서리 내려도 언제나 따스한 햇볕 되어 모든 것
을 포근히 감싸 안는 당신입니다

달빛이 바람에 흔들리고 해가 구름에 가려져도 변
함없이 그 빛을 발하고 있는 것처럼 내 곁에서 굽
어살피고 계신다는 걸 미처 몰랐습니다.
물거품처럼 덧없는 욕심만 채우기에 바빠 가슴 아
프게 했던 나 자신을 용서할 수가 없어 아픕니다

청천벽력 같았던 지나온 길 실타래 같이 엉키기만
하던 맨마루11) 이제 내 머리 희끗희끗 서리 내리고
서야 그 마음을 알 것 같습니다. 어두운 긴 터널
을 걸어 비탈길을 지나 보고서야 노파심을 읽었습
니다

노심초사 이 못난 자식을 위해 밤마다 정한수 곱
게 올려놓으시고 모든 고통 불행 당신께 다 달라

---

11)어떤 일의 진행 과정에서 가장 중요한 고비가 되는 부분

고 꽁꽁 언 두 손을 모아 비비시던 당신이 오늘
따라 너무나 보고 싶습니다.

찬바람 흰 추위에 이제나저제나 자식 올 날 만 기
다리며 동네 어귀 산기슭 뿌연 먼지 속에서 자동
차 소리만 나도 굽은 허리 펴시며 혹여 하는 마음
에 들어보시던 당신
여가만 있으시면 서울 가는 고속버스가 지나가는
해지게[12] 어둠이 내리니 목이 메게 그립습니다

2012. 12. 17

---

12) 해가 서쪽 지평선이나 산 너머로 넘어가는 곳.

사는 일

생이 있는 모든 것은 반드시 사가 있게 마련인데
쥐고 있는 것이 불행인 것 같다
세상도 가만있는데 앞날을 미리 알 수도 없으면서
사는 일에 걱정이 너무 많은 것 같기도 하다

죽을 때 가지고 갈 것도 아니면서
호시탐탐 탐욕이다
누구나 건강하던 몸이 약해지고 병들면
부귀영화도 사라진다고 하거늘
그저 오늘을 즐겁게 살아가면 좋을 듯싶다

그러니 놓아 버리자
집착하고 있으니 더 쥐고 싶은 욕망이 생긴다
공수래공수거라 하거늘 마음에서 놓아 버리자
행복은 늘 고통스러움도 함께 따르는 것 같다
마음에서 지워 버리자

어쩌면 세월은 가만있는데
내 마음이 달라지고 있는지도 모른다
부질없는 욕망
남가일몽13)이라 하지 않던가
욕심의 끝을 보지 말자 2012. 12. 19

---

13) 꿈과 같이 헛된 한때의 부귀영화

2부
희미하게
남아 있는 그림자

연중무휴

바람에 불려 휘몰아쳐 날리는 눈
지는 해를 시샘이라도 하듯
고립에서 나뒹군다

새로운 설렘과 희망도 사치
새벽질14)을 무시한 주섬주섬 챙긴 하루
가득 안은 양팔 종종종 뛴다

서설15)이라 했던가
구름 위까지 수북이 걷어 낸다
욕망과 아집마저 꾸역꾸역 밀어낸다
켜켜이 닦아지지 않는 묵은 때까지

일월 일일 시동이 지점부터 저항이다
부딪히고 헤치며 엉금엉금
승용차 바퀴는 밥줄을 따라 나선다

오늘도 얼마나 허덕일는지
알싸한 커피 한잔의 호강도 잠시
또 하루가 흔적도 없이 사라지겠지   2013.01.01

---

14)벽이나 방바닥에 새벽을 바르는 일.
15) 瑞雪 : 상서로운 눈.

검은 눈(雪)

등껍질처럼 갈라지고 굳어버린 함께 한 자취
하얗게 꽉 찬 우주공간이 손에 잡힐 듯한데
깊고 어두운 물밑으로 내려앉을 것만 같다

시퍼렇게 날을 세운 느낌
흰인16)을 집어삼킨 듯 죄어오는 심장 그곳에
비수처럼 내려꽂히는 무거운 향기
폭풍우가 쏟아내는 물처럼 길고도 멀다

온몸을 부숴버릴 듯 달려드는 홑17)
메마른 가지로 칭칭 동여맨 폐의 통증
하얀 눈밭이 멍 자국이다
온통 검게 덮이고 있다
흔적도 없이
2013.01.03

---

16) 독의 종류
17) 짝이 없이 하나뿐이라는 뜻.

앙다문[18] 결심

하나뿐인 애틋한 형태
폭포수처럼 쏟아지는 사무침
이 세상 저세상을 넘나드는
누구도 진료할 수 없는 불치병
오직 귀하만이
치료할 수 있는 약입니다

못다 한 우리의 연결
홀연히 가버려 멈춰선 시간
한올 한올 엮어서
가슴 깊숙이 묻어 놓았습니다

후일 하늘의 문이 열리는 그날
죄인처럼 남겨진 서러움
아픔일 수밖에 없었던
설익은 열매를 꺼내어 보이려 합니다

2013.01.05

---

18) 힘을 주어 꽉 다물다.

인연의 끈

심연19)한 제 심장
희미하게 남아 있는 그림자들이
꼼짝없이 혼미하다

이슥한 기슭 나목의 울어 대는 소리에
먹먹한 겨울밤을 하염없이 새우고 나면
정신이 헛갈리고 어둡기만 하다

삭풍에 밀려난 싸늘한 달빛에도
다시 솟아오르는 갈망의 욕구
정녕 집착인가

2013.01 07

---

19) 좀처럼 빠져나오기 힘든 구렁

흔적들

차곡차곡 흰 눈이 오시는 날
알 수 없는 빛깔로 다가와
내 안에서 순식간에 돋아나는 기억
쪼개는 아픔이 하염없이 깊다

가두어 방치한 희락
쓰라림으로 가파르게 여울을 만들고
바람의 혀는 날카로운 음성으로
또는 느릿한 걸음으로 길게 머문다

달콤하게도 비릿하던 향기 바랠까
촘촘이 밀봉해두었던 절절한 사연
마구 흔들리고 깨져 버리는 몸놀림
벼랑 끝으로 추락한다

2013.01.16

겨울밤

칼바람이 문풍지를 뜯어내는 밤이면
심장을 도려내는 겨울의 이빨은
섬뜩하도록 잿빛 기억을 잘게 씹는다

싸늘한 눈을 깜박이는 별빛
잊은 줄 알았던 목소리는
처절하게도 누덕누덕 기운 적막뿐이다

묻어야만 했던 그 날이
명치끝을 죄어 오는 계절
독이 같은 기억을 누이면
달빛마저 토해내는 밤이다

깊어만 가는 불치병
마른 가슴에 시달리는 날 선 바람이
시름시름 앓고 있다

2013.02.03

눈(雪)

물밑처럼 어둡던 심장부
그곳에
하얀 눈이 소록소록 쌓인다
세상을 다 밝힐 듯 온유한 빛으로

천상에서 땅끝까지
하염없이 숨이 멎을 듯
파고드는 손길을 느낀다
따스하던 숨결로

이렇게
겨울이면 천 리 밖을 떠돌던 사연은
풍파를 견뎌낸 먹먹하던 시간까지
한 조각씩 포근히 기워 내신다
아픈 기억까지도 하얗게

2013.02.05

또 한해가

고요는 새벽의 것이다 차라리 시끄럽다
희미하게 남은 그림자들이 [20]색시공이다

오늘도 인고의 삭풍[21]으로
거친 파도처럼 먹먹하게 달려오고 있다

이렇게 또 하루가 가고
검은 머리 늙어가는 소리 요란해도
유수 같은 세월은 지수화풍 사계절
시곗바늘처럼 착하게도 확실하다

그렇게 한 해를 마무리하라신다
지나간 일을 돌이켜 생각해 보면
멍든 흔적들

그냥 받아들이라신다
또 식전이 고이고이 열리고 있다

2013.02.11

---

20) 지혜의 완성이라고 합니다
21) 겨울철에 북쪽에서 불어오는 찬바람.

재야[22]

고요한 새벽이 열리고 있다
이렇게 또 하루가 가고
검은 머리 늙어가는 소리도 조용하다

아름다운 마무리는 언제든
떠날 채비를 갖추는 것이다라고 했던가

비움으로 내려놓고
그냥 받아들이랬던가
이렇게 한 해를 마무리해야 하는가
그렇구나
또 한 살을 참선[23] 하라는구나

2013.02.15

---

22) 초야에 파묻혀 있다는 뜻
23) 선사(禪師)에게 나아가 선도를 배워 닦거나, 스스로 선법을 닦아
    구함

닿을 수 없는 인연

먼 새벽이 돌아누울 때
오른 산사
고행의 품안이다

티끌만 한 이 한 점
억겁의 윤회를 하여
바람결에라도
그 느낌 품을 수 있다면

남기고 가신
모진 세월도
기억이련만

깊은 골짜기에 매달린 풍경
대각전 추녀 끝으로
추락할 뿐이다

2013.02.16

가버린 바람

온통 뒤흔들고 가버린 바람아
푸른 잎 무성한 정열의 청춘 시절
생각 없이 휘젓고 갔던 바람아

구름이 내려앉은 골짜기 단풍이 곱게 물들어
중년의 고고한 자태 멋지게 뽐낼 때
헤집으며 심술부리던 바람아
무더기로 송두리째 떨어져 나뒹굴던
통곡 소리를 너는 알았느냐

회색빛 하늘이 무너지고 흰 머리칼
무수히 늘어가는 겨울날
이파리 하나 남기고 힘없이 주저앉아
몸부림치며 울어대던 나무의
처절하던 고통을 알기나 했느냐

옹기종기 등 비비며 용기를 실어주고
푸른 새싹에서 새살을 잉태하고
내일의 참삶을 꿈꾼다는 걸

2013. 02. 19

어머니2

새 다리와 같이 뼈만 앙상하여도 곧게 서 계신 두
다리 팔십 평생 머나먼 길 수많은 역경 속에서도
논밭 일 다 해내시고 지금껏 과수 농사까지 지으
시며 장군의 힘으로 오 남매의 버팀목으로 서 계
시는 우리 엄마

내 마음 죄스러워 얼굴을 들 수도 없으리만큼 쇠
약하고 작아진 체구에 약봉지를 끼고 사시면서도
넓고 깊으신 가슴을 언제나 아낌없이 펼쳐 주시고
오 남매를 다 합쳐도 모자라는 태산과 같은 우리
엄마

휘어지고 곧아 펴지지도 않는 허리에 시린 물 마
를 날 없이 자식 위에 마다치 않고 맛있는 밥을
지으시는 마법의 손을 가지신 따뜻한 우리 엄마

하얘진 머리칼 아래 굵게 파인 세월 자국 인자한
주름 정갈한 옷매무새 소담스러운 자태 눈이 부시
도록 찬란하고 위대한 우리 엄마

평생을 다 한들 당신의 발뒤꿈치라도 따를 수 있
을까요
오래 오래도록 저의 의지입니다.2013. 03. 03

어머니3

무엇이든 돈이 된다 싶으면 딸딸이 네발 오토바이에다 애지중지 자식 보듬듯, 두꺼운 보자기에 꽁꽁 싸매고 실어 시장으로 달려가신다. 오늘은 봄나물을 캐셨나보다 냉이를 한 보자기 가져가셨다

해 넘어간 지 오래 아직은 아침저녁 바람이 차다 어머니의 밥그릇이 식어간다. 동구 밖에서는 아무런 기척도 없다 밤이슬이 차곡차곡 앞마당 흙을 적시고서야 저기서 털털거리는 낡은 기계 소리 우리 어머니의 자가용 오토바이 소리가 들린다. 주름진 얼굴에는 다 팔고 왔다는 행복한 미소가 어둑한 마당을 밝힌다.

그렇게 우리 오 남매를 키워내신 어머니는 새로 데워진 국물에 밥 한술 말아 드시고 고단이 잠드신 깊고 잔잔한 숨소리가 가슴이 메어 온다.

그래도 지금은 좀 낳다 옛날에는 머리에 이고 등에 메고 십 리 길 장터를 내 집 드나들듯 하셨다 평생을 자식만을 위해 살아오신 어머니 이제는 편히 사셔도 될 텐데

2013. 03. 05.

뜰앞의 봄날

2013. 03. 10

밤새 봄비가 촉촉이 내렸다. 날갯짓 풀럭이는 까
치의 목청소리는 참새들의 콩닥거리는 발걸음
 이른 새벽이 물기를 고요히 거둔다

햇살이 드리운 뜰앞을 줄지어 떠나는 개미 떼
심술궂게 손가락 하나를 펴 건드려 봤다
현란한 발들의 움직임은 날벼락을 맞은 듯
낙오자 몇몇은 버려둔 채 순식간에 사라진다

대문을 열고 들어서는 바람이 훈풍을 앞세운다
제법 푸릇한 물기가 오른 잔가지도 흔들린다
새싹을 틔울 채비를 하고 있었나 보다

긴 시간 춥고 황폐했던 뜰앞까지 찾아온 봄
이다지도 시리고 추운 마음
훈풍에 그곳까지 실어 보낼까

마당에 아지랑이 하염없이 노닐고
다시 집합한 개미군단은
폭격 맞은 보금자리 보수공사로 분주하다

봄비

봄비 다녀가시면 강가 언덕길에
뾰족이 내미는 수양버들
하얀 바람에도 울먹이고

출렁이는 푸른 보리밭엔
흰 구름 넘실거리고
종달새는 숨이 가쁘게 재잘대겠지

땅에서는 금방이라도
터져 나올 것 같은 진한 풀빛이
아지랑이 품에 서럽고

빗방울이 마음 적시면
너도나도 피어나는 꽃
애잔24)하게 고독할지도 모르겠다
2013.02.20.

---

24) 애처롭고 애틋

밤을 새우는 복사꽃

어둠을 거절한 위성이
햇빛을 반사해
한 움큼 멱차25) 오르면
복사꽃 채운 동구 밖은 총애로 익어간다

오고 가는 인연마다
형상에 핀 하얀 연분
거리는 온통
향기로 뽀얗게 젖어 있다

솔솔 부는 바람에 실려
휘 날아다니는
자연애 담은 물결
푸른 별도 연분홍 단장이다

2013.03.03

---

25)더할 수 없는 한도에까지 점점 가득하게 차

무상한 세월

흰머리 무수히 밀어낸 비탈진 세월
바람 소리 알싸하고
나무들의 움트는 몸부림이 수다스럽다

눈 녹은 자리에 새싹을 잉태하고
하늘색이 고와지니
어둠이 내리는 창 너머에는
소쩍새 목을 놓아 인생사 탄성26)에 여념 없다

세월을 흐르는 도랑 물소리
마음 한자리 휑하니
봄이 오는 소리가 외롭다

어제도 가고 오늘도 가고
주름살 하나 더 늘어가는 발걸음 요란한데
수분기 죽어가는 육신의 역한 몸부림
욕망의 늪 하나를 더 보태니
비탈진 세월이 27)무상하기만 하다

2013.03.05

---

26) 탄식하는 소리
27) 모든 사물은 공(空)이어서 일정한 형태나 양상이 없음.

봄이 아프다

바람 소리 알싸하고
나무의 움트는
몸부림이 나루28)하다

눈 녹은 자리 새싹 잉태하고
어둠 내린 숲속엔
소쩍새 투정 소리 처연29)하다

적막이 곧추서있는 밤
삐걱거리는 뼈마디의 비명
얼음 녹아내리는 도랑 물소리
도사리듯 심장 속으로 파고든다

흰머리 무수히 밀어내는 오십견
수분기 죽어가는 초라한 육신
봄이 오는 소리가 아프다

2013.03.06

---

28) 말수가 많고 수다스럽게
29) 애달프고 구슬프다

봄비 때문에

마당 가득한 봄비 심장을 관통한다
하루 분량을 이미 다 쏟아부었는데도
증세는 불치병이다

길어지는 시곗바늘 계절은 어느새
입 빠른 연분홍을 불러 모아
정원 한편을 시공하고
마당에 내려앉은 빗방울은
들어본 듯한 수많은 음표다

천 리 밖을 떠돌던 파룻한 풀빛 기억
멈출 수 없는 피돌기는
일찍 찾아온 봄비 탓일 게다

2013.03.08

하늘은 내 친구

당기듯 붉은 존재가 하얗다
세상에서 자란 서쪽의 하늘
황량하기만 하던 공간
온통 새뜻하기만 한 무한이다

한가한 기분으로 이리저리 거니는
위로 보이는 넓은 우주
나를 불러 같이 가자 한다

넓은 가슴 멀리 열어 주고
고통이 있고 아픔이 있을 때
영혼마저 함께 하자 하시니
하늘만 한 친구도 없더라

2013.03.15

봄 길엔

깊은 골짜기 절집의 청아한 풍경은
게으른 새의 단잠 깨우는 소리
홀연히 마중하는 새벽 발걸음이 바쁘다

한껏 수분기 오른 요염한 실 가지 위
초록 새순 몸 늘이는 기지개 경이롭고
재빠르게 밀려오는 사이사이 내미는 햇살
유체 이탈하는 아지랑이 춤사위다

후미진 모퉁이 매화 무리 지어
감정선의 전율을 흔들어 대니
바람 난 새 한 마리
달리는 시간에 구애하는 몸짓 혼미하다

2013.04.07

서둘러 핀 꽃

무한대의 넓은 공간이 만들어 내는 꽃밭
공중에 떠 있는 구름은 흘러간다
어딜 그리 쉼 없이 떠나는 걸까

새순 솟아오르려면 멀었건만
왜 그리 성질이 급하더냐
해가 지고 달뜨면 새벽의 맑은 창이
눈 비비고 마중할 것을

석양빛 요염한 교태
지상으로 내려오시는 붉은 낙원
날아가는 시간아
어딜 그리 바쁘게 가느냐

바람 자고 노을 지면 사라질 것을
서둘러 핀 꽃이 빨리 지는 줄 모르고
숨 가쁘게 뛰어오고 보니
내 머리 백발이더라

2013.04.09

봄 손님

부르는 소리 있어 나가보니
아담한 풀빛 구름
하염없이 드나든다
한껏 물기 오른 몸 놀림인가 보다

우짖는 소리 있어 나가보니
햇살 한소끔 꽃 한 잎 들고
찾아온 새 한 마리
유혹의 발걸음인가 보다

향기 그윽한 소리 있어 나가보니
마당 가득 요염한 자태에
유체이탈하는 공중부양(浮揚)
아지랑이 속삭임이었다

2013.04.10

쓰레기통

햇빛마저 거부한 광란 생각이 빗나가지 않는 한
눈길 한 번만 주면 찾을 수 있는 그곳에 있다

문전은 폭행에 만신창이 된 쓰레기 조각들
엉덩짝을 까뒤집힌 채 널브러져 있다

니코틴 범벅된 꽁초 쪼가리
머리통에 충돌해 퉁겨나 처절하게 객사한다
가래침 한 사발 보기 좋게 처발라주기도 한다

어둠을 먹어 치운 취객들의 오물까지 넘쳐나게 출
렁이면 질척거리는 안의 모든 것들이 소리 요란한
청소차에 올라 출가를 한다

오금이 저리도록 물줄기가 쏟아져 내리니
천둥과 번개 벗하여 열광의 질주 곡으로 샤워한다
비 오는 날은 지옥 탈출 천국행이다

2013.05.01

그림자

나 하나만 바라보고 평생을 따라와 준 너
봄 새가 수태를 꿈꿀 때도
내 침실에 나란히 누워 있었다

거센 파도가 덮칠 때도 끌어 보듬어 주었지
열매의 희열을 맛볼 때도 같이 감동의 눈물을 흘
렸고 가시 돋친 바람이 앙칼질 때도 방패막이가
되어 주었지 고맙고 미안하다

요 며칠 뒤를 돌아보니 너의 어깨가 한없이 좁아
져 있고 버티고 있는 다리마저 휘청이더라
어찌하겠느냐 그림자로 태어난 팔자인걸
너를 배신 할 수 없는 것도 내 처지인걸

남아 있는 희비애환30)마저
같이 할 수밖에 없잖니
이제부턴 내가 더 챙겨 줄게 어쩔 수 없는
그 날이 오면
아주 먼 길도 같이 가자 사랑한다 힘내자

2013. 05. 06

---

30) 기쁨과 슬픔과 애처로움과 즐거움을 아울러 이르는 말.

복숭아꽃

겹겹으로 덮인 숲속
위아래를 살랑거리는 품격
볼그스레한 치맛자락이 매력이다

한 발짝만 내디뎌도 벌 나비 유혹
신화의 에로스에 찍혀
이리저리 끌려다니던 봄길
복사꽃 하늘이 퍽이나 현혹하다

전신이 순결한 청춘 시절
역마살이 구름 속에 안착하던 찰진 기억
지금도 두둥실 떠다닌다

신선이 먹었다던 꽃받침 보듬은 다섯 손가락
나는 제일 큰 손가락이었다
그래서인지 아직도 이맘때면
연분홍 꽃잎이 속없이 익어 간다

2013.05.07

느티나무와 제비꽃

어둠을 밀어내고 걸어 나온
강남 갔던 제비
보랏빛 이슬을 세수한다

솟아오른 퇴행성 관절염
거북이 등 같은 느티나무
서서 지샌 골다공증 앓는 소리는
삐걱삐걱 휘청거리도 한다

하루 분량의 아침을 다 마셔도
취하지 않는 작은 꽃
야밤을 만끽이라도 한 것처럼
햇살에 보송보송 피어날 꿈이 벅차다

깔끔하고 얌전하게 태어난 겸양
땅바닥에 모인 작은 키
습한 냄새를 찾아 나서고
따라 나온 바람은 봄 마중을 앞지르기한다

2013. .5 20

길 잃은 부표

집어삼킬 듯
앙칼진
바람에 할퀴고

섬뜩한 칼날처럼
찢어진
구름에 베이고

꺼져가는 불씨
버려진 몸뚱어리
눈물 잘게 씹고 씹어도

부서지는
검은 파도 되어
망망대해를 표류하네
2013.05.20

괴연[31](塊然)

어쩌다 인기척이라도
눈 코 입 있는 얼굴 양옆에서
듣는 기능을 하는 감각을
보시시 닿으며 스치면

그럴 리 없겠지만 만일에 하는 생각에
힐끔 물체를 볼 수 있는 기관은
순식간에 빛을 발사한다

한밤중 수미산중턱 서쪽 하늘 한 편
초췌하니 앉아 있는 쪽 달
다해 태우는 삭신이 희미하다

가끔 창틀 안으로
걸치거나 두른 것이 없는 알몸으로
미끄러지듯 들어 오는 공기의 움직임도
우주 어느 곳에서 태어나거나 살았을 생명처럼
그냥 왔다 간다 2013.05.26

---

31) 홀로 있는 모양

버팀목 2

배와 목 사이의 박동이 빨라지고
마음이 가라앉지 아니하고
들떠서 두근거리기도 한 인연

보고 싶거나 만나고 싶은 마음이
간절해서 목이 메고
옥고를 접할 때면 더욱 생각나는 귀하

티끌만 한 한 점 육신
생이 다하여도 높고 깊은 마음을
다 읽을 수 있으리오마는

늘 같은 자리에 민묵이 서 계시는
그래서 더 만나고 싶은
이번 상수연회 때는 모실 수 있을지
아니면
그 안에 한 번 다녀와야 하지 않을까 싶기도 하다
2013.05.27

카메라

속살 고스란히 드러낸 창문
걸어 나온 새싹의 냄새
도사리듯 앉아 있던 왕눈이
신발을 신는다

게으른 눈을 깜박이는
만삭의 먼지 타래
아수라장인 채 방치된 거실
진공기 소리만이 분주하다

안방까지 쳐들어와
봄을 수유하는 햇살
한점 빛도 허락지 않는 앙다문 눈
쫑긋 나온 셔터를 누르고 말 기세다

아지랑이 가득 찬 한나절
한 발짝도 떼지 못한
호수 같은 애꾸눈
애꿎은 계절만 원망이다

2013.05.29

5월이면

성령 32)도 체부 33)도
아무 탈 없이 푸르다
작은 빛이 잠깐씩 잇따라
나타났다가 사라진다

야금대는 음량 34)의 연풍
균형과 조화를 이룬
굉걸 35)하고 갸륵한 선율
낱낱의 이파리가 서로 비빈다

방울방울 골수에 맺힌 이슬
정간 36)에서 갈라져 나온
줄기마다 흥분을 실었다

송두리째 투명한 창극 37)엔
귀하의 선연한 형상 변변치 못한 내 육신에도
나이를 먹지 않는 맥박 퍽이나 용솟음친다

2013.05.30

---

32) 하나님의 영혼을 이르는 말
33)몸과 피부
34) 마시는 분량
35)아주 대단하고 훌륭하다
36)가로세로로 여러 평행선
37)하늘

새벽행(行)

싯누런 들판 위에
하얗게
내린 서리가 까치발이다

늦은 가을
무한대의 넓은 공간
아주 작은 물방울이
부옇게 꽉 들어차 떠 있는 무리

싸늘한 아스팔트
차창에 부딪히며 분열되는
동이 트려 할 무렵의 협주곡

대사[38] 대신 몸을 움직여
춤을 추는 풍경이 심장을 죄어온다
왠지를 모르겠다 그냥 아프다

2013.10.29.

---

38) 연극이나 영화 따위에서 배우가 하는 말

시간

음성도 없고 기호도 없으나 똑똑하고 착하다
생각이 없어 느낌을 표현하지도 않는다
걸치거나 입은 것이 없어 미끄러진다
볼세라 살금살금 숨어 온다
그래서 만질 수도 없다

오로지 혼자서 밀고 당기기만 할 뿐이다
집착에서 울기도 하고 웃기도 한다
안을 수도 있고 느낄 수도 있다
그리하여 명치가 죄어 올 때가 있다

품으며 한 시도 떨어지지 않는
인연이 되었다마는
한때 끊으려 한 적도 있었다

그래도 이만한 세월도 없었다 싶다
그날이 오면 작별을 할 수밖에 없겠지만
오늘 같은 희열과 쾌감도 맛보아 가며
행진 앞에 치명적인 훼방이 있을지라도
하루하루를 여물어가는 보리알처럼
알콩달콩한 여정을 꿈꾸어 본다 2013.11.29.

3부
교 태 한 자락이
한량없다

시작(始作)

2014. 01. 01

어둠을 살며시 깨워 보았다 기척이 없다
두 손을 푹 깊숙이 담그고 흔들어 보았다
엉거주춤 엉덩이를 들어 올리듯 부스스 눈을 뜬다

뱀의 꼬리가 너무 긴가
청마의 눈꺼풀이 천근만근인가
올렸다 내렸다
설레는 말발굽 소리에 검은 장막이 걷히기 시작한다

욕구 충족의 흐뭇한 붉은 표정
내 눈 안으로 밀고 들어와
맥박을 타고 강렬한 입맞춤을 한다

갑오년 출발점이 딸깍딸깍
품격 높은 심장 박동 소리로
이천일십사년 일월 일 일
푸른 말의 태양이 격동으로 찾아오고 있다

자시39)이별과 맞선 자리에서
모든 걸 함께 하기로 맹세했지
그래 같이 한 번 가보는 거야
멀고 험할지라도 서로 의지하고 사랑하며

---

39) 십이시의 첫째 시밤 11시부터 오전 1시까지

봄은 위대하다

봄이 아름다운 건
내조에 충실한 형형색색의 꽃이 있고
그 향기를 피우기 위해
고군분투하는 초록이 있으며
찢어지고 부서지는 모진 풍파에도
육신을 갈아 먹여 주고 입혀 주는
꺽지⁴⁰⁾한 뿌리가 있기 때문이다
종족 번식의 생명력은 과히 훌륭하다

그들은 낯을 가리지 않고
진여불변⁴¹⁾한 사랑과 미소로 몸을 태우며
탐욕이 없어 바쁘게 피지도 않으며
괴로움을 인내하는 삶의 여정을 함께 해 주고
허망한 꿈일지라도 최선을 다하고
생을 마감하는 삶이다

천지가 우리에게 지수화풍을
그냥 주지 않는다는 것을 깨닫는다

---

40) 억세고 용감하고 과단성이 있다.
41) 일체 평등하고 불생불멸하여 변함이 없는 진여.

자연과 서로 조화 하면서 살아야 하고
자신과 싸워 스스로 살아갈 수 있는
굉장한 힘을 만들며
허둥대듯 급하게 가지 않아야 한다

부귀 권세 명예도 이승을 하직할 때까지
잠시 빌려 쓰는 명목일 뿐이란다
낮은 자세로 살아가는
고행을 일깨워 주기에
과히 위대하다고 말할 수 있다

2014. 03. 02

연민

강렬한 태양이 쏟아지는 아침
눈부시게 찬란한 들판 위로
옛 기억이 손짓하는
입맞춤은 연민인가 봅니다

그곳에서도
아지랑이 몸부림하는
봄의 향연으로
하루를 열고 계시겠지요

이젠 춥고 무서웠던 날도
추억이란 말로 포장하고
언젠가 만나는 그날을 그리며
오늘의 문을 엽니다

2014.03.20

집 떠난 거미

케케묵은 먼지를 뒤집어쓰고
바깥세상 나갈 궁리만 하는
철제 화병이 기회만 엿보고 있다

정교하게 지어 올린 향기 없는 꽃 대궐
비단이불을 깔고 게으른 잠을 자다
잽싸게 도망가는 발가락이 현란하다

노닥거리기만 했을 게 뻔한 놈이
녹아내린 뼈마디는 붉은 관절염
가끔 창틀을 넘는 햇살마저 남루하다

휴일의 한나절
향기 없는 야생화 한 다발
매끈한 샴푸에 향기 나는 거품 목욕
약도 바르고 분내를 풍기며 마실을 나섰다
버리고 떠난 너를 찾아서

2014. 04. 04

안개

오늘 조간 일기예보란에
안개 주의보가 대문짝만하게 떴다
실족사 얘기다
이런 날은 눈이 먼다
미지의 사건으로 남아 있는
그날이 아련하기 때문이다

한 치 앞도 볼 수 없어 묶여 버린 시간
갇혀 있어야 했던 고빗사위 42)
휘 뿌옇게 뭉쳐 다니는 속내를 알 수 없었다

실종 신고에 한바탕 뒤집혔던 날
날아드는 활자가 살품을 파헤친다

아이러니한 사건
이후 한 가지에 마음을 빼앗기면
다른 사물까지도 좋아진다는 말을
체험하며 살아야 했고
자석처럼 더 깊이 빨려 들어갔다

---

42) 가장 긴요한 고비의 아슬아슬한 순간

혼돈은 만족과 기쁨으로 자리 잡았고
열매가 자라 익어 가는 희열도 맛보지 못한 채
더 높은 곳으로 가버린
권리 의무 주체의 배반자

일기예보는
희아리와 같이 풀리지 않은 채
분내는 외로워야만 했고
지금 혼자 신문을 본다

2014.04.10.

좌판

침묵한 밤이 헤벌쭉하니 입을 떼기 시작하면
두 눈을 시퍼렇게 날을 세우고 있던 새벽이
슬금슬금 말을 붙여온다

영혼마저 어둠을 표류하던 육신은
콘센트에 머리를 처박고
더하고 빼기를 무한 씹어
밤새 쓰러져 있던 컴을 흔들어 깨운다

기다리기나 했던 것처럼 반항 한 번 안 하고
재빠르게 부팅되고 시키는 데로 척척 해낸다
가끔은 드러누워 머리가 아프다고 억지를 쓰며
보채기도 하지만 먹잇감 사냥에 나선다

오늘도 끌어안고 있는 애정 행각에
놈이 제발 놓아 달라 애원을 하지만
차오르는 욕망은 이리저리 질질거리며
분내를 맡게 한다

시샘이라도 하듯 창문 안으로
슬그머니 기어들어 온 냄새 진한 가을
뙈아리를 틀고 앉아 좌판을 둘러업을 기세로
뒤뚱뒤뚱 빠져나가 버린다

놈은 알고 있기에 묵묵히 수색에 임한다
아예 그럴 기세로
열심히 윙윙거리는 전기를 먹으며
몸 불리기를 하고 있다
2014.05.10.

석양

불을 가둔 서쪽 하늘
교태 한 자락이 한량없다

가운을 벗어 던진 실체
붉은 알몸을 엮어 산허리를 감았다

숲은
습관성인 듯 크게 드리 마신다

늘 그랬듯이
중독된 숨을 가쁘게 호흡한다

만삭이 된 시월의 저녁노을
혼절한 심장이 깊이깊이 추락한다
2014.05.16

방황

헤매던 즐비한 고곤(苦困)도 어렴풋하여
뿌연 기억 속으로
43)거지중천에 머물러 버린 연월

숙명으로 받아들여야만 했던
마지막도 없이 내리던
빗줄기가 기억하는 그 날

집 안 구석구석 부딪치는 음성의 자국이
오래된 축음기처럼 음표를 남긴다
살아 움직이는 것조차도 바람 빠진 풍선이다

한없이 한없이 견뎌야만 한다
옛 그림자가 정처 없다
착륙도 하지 않고

2014.06.16

---

43) 허공(虛空).

고깃배

만나야 할 수밖에 없는
가연44)이 존재하나 보다
고달프게 쩔쩔 검출하던
무수한 날도 노을에 닻을 내렸다

운명인 듯 통과한 세월의 항구
짙은 해무 속에 묻었다

좌우하는 것조차도 힘들 만큼
파도를 이겨야 했고
상전45)의 기질을 겨냥해
파닥거리는 은(銀)어도 많이 잡아야 했다

두 번째 생애 포구의 온기
짙푸른 짠물도 옥빛 단물
지구도 양순한 기세다
금(金)어 낚을 준비는 진행중이다

2014.06.20.

---

44) 아름다운 인연
45) 예전에, 종에 대해 그 주인을 일컫던 말.

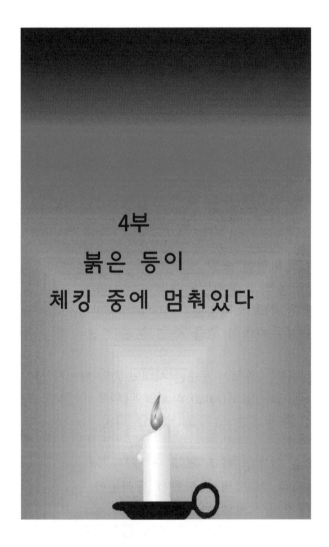

4부
붉은 등이
체킹 중에 멈춰있다

역마살

2013. 11. 10

심장의 요동이 범상치 않다
날 세운 맹독
살쩜을 뜯어 먹기 시작한다

어둠이 덮어버린 하늘을 가르고
빛을 발산하는 페트로나스트윈 타워
화려한 조명에 누드 쇼가 찬란했던
장엄한 자태 스테인리스 절경

한밤의 휘황한 요람
쿠알라룸프의 부킷빈탕(Bukit Bintang)
쇼핑 천국의 스타힐갤러리(Starhill Gallery)
네온사인 바에서 춤을 추던 젊은 청년

검은 피부가 매력인 풋풋한 사내의 손맛 마사지 샵
펼쳐진 잘란알로(Jalan Alor)의 나이트 마켓
꺼질 줄 모르는 열기를 내뿜던 그곳

새벽을 알리는 타종 소리
오늘따라 왜 이리 가까이서 들리는가
한 해의 끝자락에 매달린 역마살
추억 속 붉은 등이 체킹 중에 멈춰있다

또 다른 세계

사방에서 앰프를 타고 기도 시간을 알리는 음률
마음마저 초연해지는 46)주흐르
독립 의지가 묻어나는 메르데카 광장
머리 위로 쏟지는 강렬한 볕

식민지 시대에 세워진 이슬람 양식이 우아한
구리로 만든 돔 술탄압둘사마드 빌딩
시계탑 건너 넓은 잔디밭은 원숭이들의 천국
조금은 섬뜩하긴 하지만
열대 지방의 습한 냄새를 잠시 식혀주기도 했다

47)마그리브면 또 기도 소리는 들려온다
하루에 다섯 차례 그 소리를 들어야 했다

그 느낌을 그대로 가져가기엔
예상을 뒤엎어 버리는 또 다른 세계는 반전이다

맥주를 마실 수 있는 펍 신나게 춤출 수 있는 클럽
관광객을 위해 불이 꺼지지 않는
밤의 문화가 더욱 화려한 쿠알라룸푸르
혼미하게 만드는 또 다른 매력이있었다 2013. 11. 21

---

46) 정오 직후
47) 해 떨어진 후

바바뇨냐

명나라 시대였던 15세기 전후
뱃사람들과 주석 광산 노동자로 건너온 구리빛 야
성 [48]바바(Baba)의 고달픔과 외로움을 달래주던 [49]
뇨냐Nyonya의 순정을 담은 역사

잘란툰탄쳉록(Jalan Tun Tan Cheng Lock)의 19세기
대부호의 저택으로 사용되었던 가옥을 박물관으로
재탄생시킨 살아 있는듯한 진한 회색빛 바바뇨냐
문화

오직 600년 전 술탄 왕국이었던 말라카에서만 볼
수 있었던 사후에 묻힐 관까지 보관된 중국식 내
장 가옥 고풍스러운 네덜란드풍 장식 외관은
 가슴까지 초연해진다

품격있던 모습
기울어 가는 한해의 끝자락에 매달린
붉은 노을이
마음을 마구 흔들고 있다. 2013.11.25

---

48) 중국 남성
49) 말레이 여성

푸트라자야

소라 빛 넓은 하늘 아래 삭막하리만큼 황량한 도
시는 생명 없는 텅 빈 쭉정이 같았다

그 속에 얼마나 많은 사람이 있는지는 모르겠으나
가끔 자동차나 관광버스가 오고 가고 할 뿐 사람
의 냄새는 나지 않았다

잔잔히 일렁이는 물비늘이 따가운 햇볕과 잘 어울
리는 에메랄드빛 호수
졸고 있는 듯한 보트가 여유로워 보였다

1999년 수상청 이전을 시작으로 행정 수도가 건립
되기 시작한 푸트라자야
21세기 이상형 도시가 가히 웅장하긴 했다

수상청을 중심으로 오른편엔 거대한 원형 무슬림
사원을 앉히고 양쪽으로 쭉 뻗어 타원형을 그리듯
이 형성된 도시는 건물 하나하나 그 디자인이 주
는 느낌은 실로 감탄사가 나왔다

용광로에 쇳물이 달아오르듯 이글거리는 도시는
뜨거운 사막에 서 있는 한 그루의 나무 같았다

2013. 12. 06

세인트 폴 교회 (St. Paul' s Church)

물라카 해협 세인트 폴 언덕
교회라는 공간이 뿜어내는 야릇한 향수
또 다른 예술을 만들어내는
아트앤 퍼포먼스 페스티벌
50)컨템포러리한 퍼포먼스와 행위예술
나레이션 쇼가 펼쳐지고 있었다

크라이스트 처치 뒤편 언덕 위
포르투갈 통치 시대인 1521년
두아르떼코엘료에 의해 완공되었다

가톨릭을 박해하던 네덜란드와 영국군의 공격
벽체만 남아있는 세인트 폴 그리스도 포교의 거점
초라한 내음이 그득한
백성들의 아우성만 재를 넘고 있었다

---

50) 새로운 패션 콘셉트를 표현할때 사용하는용어

세인트 폴 교회 2 (St. Paul' s Church)

그리스도인들이 대대손손
살아 숨 쉬길 바라며 절박했던 숨결
바다를 건너 언덕 위를 넘나들던 심장 소리
쿵쾅거리는 아픔이 메아리쳤다

1553년 성 프란시스 셰비에가 죽은 뒤
이 성당에 6개월 동안 안치되었다가
인도의 고아Goa 지방으로 이장한 혼이
명치 끝을 죄이고 있었다

1753년에는 네덜란드 귀족들
비석은 라틴어와 포르투갈어로 새겨
매장지로 만들었다고 한다

심장이 피를 토하는 침울한 역사
돌아오지 못할 강을 건너든
발자국만이 울부짖던 그곳은
외지의 관광객만이 분주히 드나들고 있었다

2013. 12. 07

말라카 강

어느 때 변덕 부릴지 모르는 파란 하늘 아래 리버
크루즈는 9km에 이르는 맹그로브 나무 울창한 말
라카 강줄기를 따라 유유한 물길을 튼다

노천카페와 오래된 51)캄풍모텐(KampungMorten) 지
상에서 1~2m 천장이 높은 가옥이 늘어서 있다

1922년 지은 빌라 센토사(Villa Sentosa)는 그중 가
장 오래된 집 주인은 평생 공들여 모은 골동품과
개인 소장품을 전시해 조그마한 박물관으로 관광
객을 맞이하고 있다

사이사이 중국풍 홍등을 매단 모습
먹음직스러운 열대 과일과 음식에 원색의 벽화
인도 중국 아랍계 사람들의 다양한 모습
말라카의 강은 한없는 매력덩어리다

한바탕 소나기가 퍼붓는다. 서둘러 우산을 샀지만
그 어느 사람도 우산을 사진 않는다.

---

51) 전통가옥

그냥 처마 밑에서 잠시 생각에 잠겨 쉬다 보면 다
시 햇살이 얼굴을 내밀기 때문이다

카페와 연결되는 52)존커(Jonker) 거리와
53)히런(Heeren) 거리는 골동품과 네덜란드풍
건물들이 예쁘다

주말이면 벼룩시장도 열리며 부자들을 위해 사람들
이 살던 곳이라고 한다

움직이는 배 안에서 눈에 들어오는 모든 것들은 여
러 화가가 그려 내다 걸은 전시회 같았다

2013. 12. 09

---

52) 네덜란드어로 하인
53) 주인

플로라 디라 마르호

에머랄드빛 하늘에 눈이 부신 해가 뉘엿뉘엿 바닥
을 향해 누울 채비를 할 때쯤 말라카 시내 곳곳에
서 볼 수 있는 54)트라이쇼를 타고 앉아 좁은 거리
와 골목들을 탐험하다 보면 잘 알려지지 않은 이
색적인 묘미를 편안하게 관광할 수 있다

플로라디라마르(Flora De La Mar) 해변에 침몰한
포르투갈 배를 본떠 만들었다는 멋있는 해양박물
관이 화려한 조명을 벗하여 멋진 외관을 뽐내는
몸체 큰 배 한 척이 식어가는 아스팔트 열기 위에
서 있는 품격있는 자태가 눈에 들어온다

말라카로부터 빼앗은 진귀한 보물을 싣고 포르투
갈로 향하다 침몰한 플로라디라마르호를 복원한
것은 유적의 상징물인 것 같았다

예로부터 내려오는 항해 관련 자료와 전시물들은
오늘날의 싱가포르와 5세기경부터 현재에 이르기
까지 동남아의 선박 모형들과 관련 사진 통계자료
부착물 시설물 들이 시대적 발전상을 보여주고 있
다고 한다

---

54) 말라카의 교통수단

말라카는 여러 나라로 갈 수 있는 길목이라 외세
의 침입을 많이 받았을 것이라는 생각이 들었다
그러기에 여러 문화가 함께 공존하는 현재의 멋진
도시가 되지 않았나 싶기도 했다.

2013. 12. 10

힌두교 축제

쿠알라룸푸르 북쪽으로 13km 거리 계단을 새벽마다 뛰어올랐던 세팍타크로 스승의 추억이 서린 셀랑고르(Selangor)주의 힌두교 성지 맞은편에 인파를 뚫고 합류를 했다.

거대한 55)물루간 황금 동상이 있고 뒤로 번영과 지성의 신으로 숭배받는 팔이 여러 개 달린 코끼리 형상을 한 56)신이 있으며 태어나서 행할 수 있는 272가지 죄악을 고해하며 272계단을 걷는다는 힌두교 믿음으로 오르다 보면 버르장머리가 없는 원숭이들이 서식하고 있어 핸드백이나 소지품을 낚아채기도 한다.

종유석이 늘어선 입구를 들어서면 운동장보다 넓은 내부에는 여러 신상과 제대가 있고 하늘이 뚫려 있는 섬뜩한 기운이 넘쳐나는 웅장한 석회암 바투 동굴이다

힌두교의 57)타이 가장 높게 뜨는 별을 의미하는

---

55) 힌두교 시바파 최고신 시방의 둘째 아들
56) 가네쉬=인도에서는 성대하게 가네쉬 탄생 기념 축제가 열리기도 한다
57) 타밀Tamil력의 10번째 달

의식을 사흘에 걸쳐 진행하는 58)타이푸삼 축제 기
간에는 수만 명의 신도가 노천에서 밤을 새우며
기도를 하고 전국에서 백만 명 이상의 참배객이
첫째 날은 사원과 신상을 꽃으로 꾸미는 것으로
시작해 둘째 날은 각 지역에서 사원까지 5톤에 이
르는 은으로 제작된 수레가 물루간 신의 초상을
싣고 꽃과 신상으로 장식한 마차를 끌고 그 뒤를
따르는 신도들의 행렬이 이어지는 장관이 펼쳐진
다고 한다. 수도 쿠알라룸푸르에서 동굴까지는 무
려 15㎞에 이르는 행렬이 이어진다고 한다.

셋째 날은
1m 이상 되는 가느다란 쇠꼬챙이를 혀 뺨 등에
찔러 관통시키는가 하면 수백 명의 지원자가 날카
로운 갈고리로 등과 가슴에 피어싱하는 고행을 몸
소 실행하는 의식이 거행된다고 한다.

신기하게도 누구도 피를 흘리거나 고통을 느끼지
않고 육체의 고통을 이겨냄으로써 사죄하고 신의
가호라고 믿는 무통 무혈의 힌두교도들은 축복을
비는 신성한 고해성사를 한다고 한다.

날짜를 못 맞추어 축제가 끝난 다음 날 갔으나 수
행의 행렬은 끝이 없었으며 모두가 신상에 바칠

---

58) 매해 1, 2월경

음식을 머리에 이고 맨발로 계단을 오르는데 무척
이나 지저분해 보였지만 인상적이었다
열대 지방에 익숙하지 않은 나는 흑흑하며 계단을
내려와 즐비하게 늘어선 상점 안으로 들어섰다.

주변은 쓰레기와 음식물 찌꺼기들이 더운 날씨에
부패하고 악취가 코를 찔러 코코넛 열매의 달콤한
물도 마실 수 없을 정도였다

타이푸삼 축제가 이곳에서 열리면서 힌두교만의
문화가 유명지역으로 알려지게 됐고 한다.

2013. 12. 26

겐팅 하일랜드

쿠알라룸푸르 근교 1,700m 높이의 고지대에 카지노 리조트 놀이공원 골프장 등이 조성된 위락시설은 세 번째 방문이지만 올 때마다 이곳을 다녀가지 않으면 서운한 생각이 들어 또 갔다.

열대지방 밀림 속 드라이버와 산림욕도 할 겸 외진 도로를 이용해서 오르기 시작했다
길을 잃는 것은 아닌가 조금은 조바심이 나기도 했지만, 활엽수림의 장엄한 기세와 얼기설기 걸터앉아 있는 뿌리 위를 뛰어다니는 원숭이들의 괴성은 묘한 감성을 자극했다.

너무 먼 코스를 선택한 것인가 그날은 승용차가 열을 받아 중간 지점에 주차하고 케이블카를 이용해 산 정상을 올랐다

수도 북쪽 40km 거리 추운 기운이 전신을 오싹하게 하는 1,772m 고지대 파항주의 겐팅(구름의 위) 하일랜드 말레이시아에 정착한 화교 사업가 림고통이 1970년 현대적인 여유와 자유를 상징하

는 년 이용객만 200만 명이 넘는 최고의 테마공
원 동남아의 라스베이거스를 개장했다고 한다.
특히 열대 지방에서 인공 눈이 쏟아지는 실내 겨
울 테마 존을 즐기는 연인들이나 아이들 표정은
로망 그 자체였다

겐팅은 화교 갑부인 인조동의 개인재산으로 매일
2번씩 헬기로 셀랑고르주와 파항주에 걸쳐 자리
잡고 있는 1,200미터 고지 약 육십평방킬로미터의
넓은 놀이동산을 관리하러 다녀간다고 한다.

2013. 12. 27

59)부킷빈탕(Bukit Bintang)

속삭이듯 습한 봄비가 회빛 구름 한 아름 안고 찾
아오신 부킷빈탕의 그윽한 향기

쿠알라룸푸르의 명동 트랜드의 중심지라 할 수 있
는 도시 문화를 자랑하는 세련된 쇼핑
고급호텔 화려한 클럽과 숍 들이 모여 24시간 오
락과 다양한 여행의 즐거움을 맛볼 수 있는 말레
이시아의 이미지를 바꾸어놓은 매우 붐비는 곳이
다

호텔 안에 입점한 최고급 스파숍부터 저렴한 가격
으로 길거리 스파나 간단한 마사지 삽까지 여행의
묘미를 즐길 수 있는 천국이라 말할 수 있다

마사지를 받으며 피로를 풀었던 기억이 오늘처럼
자작자작 토닥토닥 두드리는 촉촉한 날이면 더욱
그리워진다.

부킷빈탕 북쪽 KLCC 또한 말레이시아의 랜드 마

___

59) 쿠알라 룸푸르 최고의 쇼핑센터가 모여 있는 부킷 빈탕은 쿠알라
룸푸르의 강남으로 불린다

크인 페트로나스 쌍둥이 타워가 있고 컨벤션센터
가 있어 비즈니스 중심지가 되고 있으며 수리아
KLCC라는 대형 쇼핑몰이 있어 파빌리온 쇼핑몰
과 함께 쿠알라룸푸르를 대표하는 쇼핑몰로 자리
잡고 있다

KLCC 구간을 BBKLCC라 칭하고 프랑스의 샹젤리제
거리 영국의 옥스퍼드 스트리트 싱가포르의 오차
드로드와 같이 세계적 쇼핑지로 도보 통로
elevated and air-conditiond walkway를 냉방이 되는
지붕으로 만들고 번잡한 거리를 건너다닐 필요가
없는 구름다리 BBKLCC의 쇼핑센터로 연결된 파빌
리온을 다녔던 날들이 봄비 한소끔 내려앉는 발걸
음 소리 따라 부킷빈탕 추억만이 파릇한 풀빛 회
상이다

2013. 12. 28

60)**잘란 알로**(Jalan Alor)

차가운 발톱이 남아 있는 산책길에 졸졸 따라나선
부킷빈탕 거리 뒤편에 있는 잘란알로 거리는 그리
길지 않은 4차선 도로이지만 거리에 불빛이 밝혀
지기 시작하고 식당에서 숯불 연기가 피어오르기
시작하는 저녁 무렵이 되면 차량보다 사람이 많던
그곳이 가슴 벅찬 단내를 오솔길에 내던진다.

저렴한 가격에 맛볼 수 있는 길거리 음식점들이
줄지어 말레이시아 길거리 음식의 진수를 즐기려
는 관광객들과 싼값에 끼니를 해결하려는 현지인
들로 북적댄다.

왼쪽은 말레이 사람들 포장마차들이 오른쪽은 화
교들의 식당들의 야외테이블이 주를 이룬다.
중국 사람들의 상권장악력은 어느 나라를 가든 대
단한 거 같다
규모가 놀랄 정도로 컸으며 호객행위도 있다.

포근한 봄볕이 심장에 징검다리를 놓고 혈관을 흘

---

60) KL 모노레일 부킷 빈탕 역 서쪽에 위치한 거리

러 나뭇가지를 물결치게 하듯 전 세계 관광객들에
게 말레이시아를 방문해 현지 길거리 음식을 체험
해보고 싶게 만들고 있다

우리나라도 떡볶이 어묵 김밥 튀김 호떡 등 다양
한 길거리 음식이 있고 즐기는 외국인들도 종종
만날 수 있으나 한국을 방문한 관광객이 길거리
음식을 한국에서 반드시 체험해야 하는 코스인 것
같지는 않다

쇼핑으로 넉넉하지 않은 주머니 사정을 걱정하지
않고 배불리 먹을 수 있다
인종의 다양성을 반영하듯 말레이식 중국식 인도
식 등 다양하고 저렴한 메뉴가 준비되어있다.

거리에선 즉석 공연이 펼쳐지고 거리 마네킹 사람
도 좋은 볼거리를 만들어주고 계신다.
아버지와 딸인 줄 알았는데 여자아인 관광객이란
다

흥에 겨운 사람들과 늘 밝고 활기찬 사람들
부킷빈탕과 잘란알로는 정말 최고의 거리이다.
2013. 12. 29

주석 공장(Royal Selangor Visitor Centre)

말레이시아 쿠알라룸푸르에 있는 세계 총생산량의 70%를 생산하고 97%의 순도를 자랑하는 주석으로 각종 제품을 만드는 과정을 직접 볼 수 있으며 세계 가장 큰 주석 맥주 컵으로 1985년 로얄 셀랑고르 100주년을 기념하기 위해 만들어진 기네스북에 등재되어있는 로얄 셀랑고르 주석 공장 체험도 해볼 겸 해서 방문을 했다.

1885년 양쿤에 의해 설립되어 중국인의 집과 절 등의 제단에서 제사 때 사용되는 향로와 촛대 지팡이 거치대 등을 만들기 시작했다고 한다.

영국식민지 시대에 헌납되던 물건들은 큰 컵들과 재떨이 찻잔에 이르기까지 크게 확장되고 셀랑고르 주석이라는 브랜드로 더 알려지게 되었다

1970년대에 싱가포르와 홍공 호주 수출을 시작으로 1980년대에는 유럽과 일본에까지 확장되고 1992년에는 그 당시 셀랑고르의 술탄 왕자 `알마룸 술탄 살라후딘 압둘 아지즈 사야'의 승인으로 로얄 셀랑고르라는 이름으로 변경하였다

현재 본부에는 높이 1.987m, 무게 1,557kg 용량 2,796L 컵이 전시되어있으며 캐나다 호주 싱가포르 중국 등 세계를 돌며 전시됐다

회사 내에 근무하는 가이드는 곳곳을 다니며 친절한 안내와 간략한 설명을 함께 해 주었다. 물론 한국말로 번역해주는 사람이 없어 대충 눈치껏 알아들어야 했지만 직접 주석을 깎아 내는 체험도 하고 사진으로 기록을 남기기도 했다

공장견학이 끝나면 제품 판매장을 구경하고 구매하기도 한다.

주석 잔은 보냉 보온 효과가 커 실용적이기는 하나 함유량에 따라 가격이 천차만별이다. 물컵과 액세서리 등 몇 점을 구매했다.

작은 영세 업체로 시작해 세계에서 가장 큰 백랍 공장을 운영하고 있으며 초라한 출발이었지만 Royal Selangor의 제품은 20개국 이상의 고급 상점에서 팔리고 있고 한다

아름다운 자태로 전시용 테이블 위에 놓인 주석 촛대는 몇천만 원을 호가하기도 하며 중국의 옛 문헌에는 지금의 정수기 역할을 했다고 한다.

주석은 인류가 발견해낸 오래된 금속 중 하나이며
중세에는 유럽에서 부와 권력을 상징하는 물건으
로 역사가 깊다.   2013. 12. 30

마리나 베이 샌즈 가는길

남국의 따뜻한 휴양지에 머물러 있는 내가 역마살에 시달린다 사치일끼 허영일까 아니 마음 쉴 곳이 필요해서 일지도 모른다. 요즈음 구조조정에다 해고 통보에다 시끄러운 직장 생활이 눈치가 많이 보여 탈출구가 필요했을지도 모른다.

겨울철에 여름을 맛볼 수 있는 꽤 괜찮은 유혹의 나라 국가 자체가 수도인 민주주의의 경찰국 미니국가 유교를 비롯한 청교도적 통치이념으로 묵묵하게 자기 길을 가고 있는 싱가포르를 두 번째 방문했을 때를 돌아본다.

역시 여름에 갔을 때보다는 겨울에 갔던 때가 좋았던 것 같다
공항에 도착해 택시로 이동하면서 펼쳐지는 풍경이 초록은 호사스러운 천국이었다.

어느 곳이든 자리를 깔고 앉기만 하면 뿌리가 내려지고 낭만을 즐길 수 있는 기후 조건이기에 방랑자처럼 바람같이 오기도 하고 오대양 육대주를 표류하는 물고기들처럼 빗물 따라가기도 하는 겨우살이처럼 빌붙어 사는 식물들이 지천으로 있었다

사뭇 깨끗한 거리에 예쁘고 화려한 건물들이 줄지
어 품위 있는 자태를 맘껏 뽐내고 있다

거의 반독재에 태형이 존재하는 국영기업들이 경
제를 이끌어 가장 성공적인 사회주의 경제라고 칭
하는 옥시덴탈리즘 2013년 유일한 아시아 선진국
1인당 PPP는 전 세계 상위권을 달리고 인구 약
530만 명 아시아에서 제일 유명한 창이 국제공항
이 있으며 항공 중심지 역할을 하고 있어서인지
다양한 얼굴과 자유로운 도시 분위기가 제일 먼저
내 눈 안쪽에 깊숙이 자리를 잡는다

시내 중심부 호텔에 짐을 풀고 지갑만 두둑이 채
우면 모든 것을 다 해결할 수 있는 마리나 베이
샌즈호텔 건물로 달려갔다.

여전히 입구엔 호텔에서 운영하는 슈퍼카 렌트 차
량 3대가 나란히 젊은이들을 유혹하고 있다.

쌍용건설이 시공한 카지노 고급 쇼핑몰 식당 등이
있는 복합 쇼핑 현존하는 대부분의 럭셔리 브랜드
와 내셔널 패션 브랜드의 매장이 관광객들을 붙잡
아 들이고 있다

청담동에 플래그십 스토어를 내야 사람들이 알아
주듯이 동남아시아에서는 싱가포르의 마리나 베이

샌즈에 플래그십 스토어가 있어야 브랜드로 인정
받는 아시아 금융 중심으로 자리 잡은 부가 모여
드는 중심지로서 홍콩과 비교하면 말레이시아와
이슬람권 유대인 부호들의 자주 들러는 곳이다

마천루의 아찔함을 그대로 살린 57층 꼭대기 배
모양 스카이 파크 수영장은 대학생 커플도 하루쯤
들르는 명소로 손꼽힌다.

동서 해상 교통의 중요 지점에 자리를 잡고 있어서
자유무역항으로 번창한 현실의 센트럼 말레이어로는
싱아푸라 '사자의 도시'라는 의미인데 싱가포르 전설
에 인도네시아 스리비자야 왕국의 '상 닐라 우타마`
왕자가 여기로 표류해 와서 바닷가에 있는 사자를 보
고 붙인 이름 마스코트마저도 머라이언이라 붙였다

꼭대기 오픈 바 스카이 온 57은 싱가포르 항을 내려
다보며 우연한 만남이라도 기대되는 분위기에 취해
마치 센티멘탈한 귀부인이라도 된듯했다

쾌적한 연결 통로를 따라 실내 중심을 따라 돌고 도
는 수로 깨끗한 물 위에 배를 타고 화려한 조명과 시
선을 받으며 낭만을 즐기기엔 매우 사치스럽긴 하지
만 천국이 따로 없구나 싶다

요것조것 배부르게 즐길 수 있는 먹거리와 명품 가게
점원 총각은 한국 스터디에 다닌다며 연락처를 교환
하기도 했다.

사치는 허영인 줄 알면서 유혹을 물리지 못하고 쇼핑
은 종일 이어졌고 어둠이 내리자 광장 앞 호수 위에
펼쳐지는 레이저 쇼는 환상 그 자체였다

꽉 짜인 일정에 2박 3일밖에 머물지는 못하고 발
리로 날아갔지만 제2차 세계대전 당시 점령한 일
본은 "쇼와의 시대에 얻은 남쪽의 섬" 소남도(昭南
島)라고 불렀다는 싱가포르 눈치 볼 것 없이 자유
를 만끽했던 그곳 직업 전향을 해야 하는 마음 시
끄러운 요즈음 그곳이 다시 또 가고 싶다

2013. 12. 30

리틀인디아

이번 방문에는 급하게 여름 휴가길에 오르면서 예약이 쉽지 않아 리틀 인디아 타운 세랑군 로드징 소리에 놀란 동물을 의미하는 총 길이 25킬로미터 남에서 북으로 싱가폴에서 가장 긴 부킷(언덕) 티마(주석) 로드는 초창기 거리 중의 하나로 유서 깊은 1819년 영국의 래플즈 경이 동인도 회사를 차리기 위해 약 120명의 인도인 호위대와 함께 첫발을 디뎠다고 한다

이후 싱가포르가 동인도 지역의 중개 무역항이 되어 중국인과 더불어 수많은 인도인 노동자들의 유입으로 19세기 중반에 이르러 캘커타 출신의 유태인계 인도인 Mr. Belilios는 가축 사육에 쉬운 토지와 풍부한 풀이 있는 곳이었던 인도인들의 상업지역인 동시에 주거지역으로서 여행자들은 인도를 체험할 수 있는 싱가포르에서 가장 인기 있는 쇼핑 거리는 현재의 리틀인디아로 널리 알려진 곳이다

세랑 군 로드 좌, 우측으로 사원과 많은 인도 레스토랑 재래시장이 들어서 여행자들의 시선을 자극하는 헤나 페인팅으로 문신처럼 자신의 개성을 표출할 수 있는 재미가 있는 이곳에 호텔을 예약

하게 되었지만 참으로 다행한 일이다 싶다
지난번 묵었던 시내 호텔보다 더 여유로운 공간과
꽤 즐길 거리가 있는 장소였다

새벽 산책을 위해 밖으로 나왔더니 비가 한바탕
지나가셨나 보다 거리가 촉촉하고 습한 기운이 먼
저 인사를 건네온다.

종교를 향한 정성을 엿볼 수 있는 힌두교도들은
저마다 전통의복 차림새에 발가락이 다 보이는 쫄
슬리퍼를 신고 조금은 지저분해 보이기는 하지만
여유와 행복이 묻어나는 게 우리나라 풍경과는 사
뭇 다르다. 아침기도 가는 기나긴 행렬은 끝없이
이어졌다.

힌두 종교의식을 엿보고자 칼리 여신을 모시는 힌
두 사원인 스리비라마칼리아만 사원에 한 번 들러
보았다.
이곳에 대해서는 자세하게 다음에 기록하기로 하
고 오늘은 생략한다.

새벽 공기를 마시며 동네 한 바퀴 후 샤워를 마치
고 대표적인 인도 공동체 구역길거리 점쟁이와 앵
무새 자스민 화환을 파는 꽃장수 짐수레에서 카창
푸테(볶은 땅콩)를 파는 장수 길가의 신문팔이 등
향신료와 꽃들이 진한 향기를 내뿜는 세랑군 로

드Serangoon Road와 캠벨 레인Campbell Lane 던롭 스트리트Dunlop Street 힌돈 로드Hindon Road 같은 작은 골목길에 아유르베다 식 마사지 오일 금 향 다양한 원단을 파는 노점들과 헤스팅스 거리 닥슨 로드의 레스토랑과 중국계 주민이 운영하는 커피숍들과 테카 마켓과 푸드 센터에서 로티 61)프라타와 62)토사이같은 인도 호커푸드 볼거리와 즐길 거리가 있는 곳으로 이동하면서 두루 둘러보고 각종 양념의 냄새가 조금은 비위에 거슬렸지만, 아침 식사를 위해 언제나 그렇듯 지역 음식을 맛보아야 하지만 비위가 약한 탓에 늘 실패를 한다.

오늘도 망설여지지만, 가격이 저렴해 마음 편히 인도식 요리인 에디야팜 삼바 소씨 쏘사이스 차파티스등 여러 가지가 있지만, 지난번 왔을 때 고생했던 기억이 나 우선 눈에 조금 익숙한 재료가 들어 있는 음식을 한 접시 비우고 차도 한잔하고 일어났다.

가끔은 익숙하지 않은 별난 냄새가 뿜어져 코를 자극하면 그리 상쾌하진 않지만, 그들만의 요리인 카레 의복 꽃장식 종교의식에 쓰이는 집기 등이 다른 곳에서는 쉽게 맛볼 수 없는 독특한 냄새라고 이해하면 될 것 같다

---

61) 납작한 빵
62) 인도식 팬케이크

매일 저녁 무렵부터 온갖 네온사인이 켜지는데
주점 앞에서는 우리나라와 마찬가지로 지나는 관
광객들에게 호객행위가 심하다 못 이기는 척 흥정
을 마치고 전통 맥줏집에서 근사한 저녁 식사와
맥주도 한잔하고 포켓볼도 치고 한바탕 피로를 풀
고세랑군 로드와 사이에드알위로드 모퉁이에 24시
간 쇼핑센터 무스타파 센터는 가정용품 장식물 음
식물 인도 향신료 의상과 직물 전자 기기 등 많은
보석점 레코드 카세트 행상들이 길을 메우며 또
다른 모습으로 밤거리는 북적인다.

모든 물품 가격이 저렴하기에 몇 가지 선물용품과
액세서리 몇 점을 구입하기도 했다.
특히 핸드폰 가게에는 삼성 핸드폰에 늘 사람들이
붐비고 있다는 점이 인상적이었던 다양한 민족이
모여 사는 싱가포르에서 가장 활기차고 전통문화
가 돋보이는 영국의 식민지 정책 시 남인도에서
이주해온 인도 사람들이 모여 사는 리틀 인디아에
는 진한 카레 냄새만이 아직도 코끝을 자극한다.
2013. 12. 30

스리 비라마칼리아만 사원

새벽 산책길에 힌두교의 의식을 경험하기 위해 숙소 근처 리틀 인디아(Little India)의 남쪽 부분에 있는 에 있는 스리비라마칼리아만 사원에 들렸다 소나기가 한바탕 지나간 탓인지 특유의 습한 향내가 코를 자극한다.

세계에서 가장 오랜 역사가 있는 힌두교는 특정한 교조나 교리 중앙집권적 권위나 위계 조직이 없으며 다양한 신앙 형태가 융합된 종교여서 우리나라에서 주로 믿는 석가모니 불교나 하나님의 교리를 배우는 정서로는 정의하기는 어려우나 바라문교에 바탕을 두고 있다. 그러나 다른 여러 종족의 토착신앙을 수용하면서 형성된 힌두교는 굽타(Gupta) 왕조의 성립(A.D. 320년)을 기점으로 한다.

이 사원은 신성의 개념 또는 의인화한 여성 때로는 위대한 이라 창조적인 힘 어머니의 우주와 상호 의존적인 파괴의 칼리 여신으로 무시무시한 힘을 갖고 있지만, 사람들이 잊고 지내는 죽음을 일깨워 주고 전염병과 질병을 치료하는 힘이 있다고 알려진 마리아만 여신을 모시고 있다.

벵골 1881년 건설 노동자의 발상지인 리틀 인디 아 거리에 있는 사원으로 1827년부터 16년 동안에 걸쳐 타밀의 한 무역상 나라이나필라이가 개인재 산을 들여서 드라비다 양식(Dravdian style)으로 지 어졌다고 한다.

신화에서나 볼 수 있는 15m의 탑에 신들과 소 사 자 뱀 전사 등의 조각상으로 둘러싸여 있는 장엄 하고 화려한 고푸람과 비슈누신이 그려진 제단화 와 기이한 벽화에 다신교인 힌두교 특유의 분위기 를 느낄 수 있는 천장화가 먼저 눈에 들어온다.

사원 내에서 칼리의 이미지는 그녀의 두개골의 화 환을 입고 그녀 피해자의 내부를 추출하고 칼리가 그녀의 아들과 함께 황금으로 색칠된 상반신은 코 끼리 하반신은 인간의 모양인 가네샤는 남인도에 서는 가장 영험하다는 엄숙한 종교의식을 펼치는 곳이다

무슬림과는 달리 이방인이라도 신발만 벗으면 누 구나 집회에 참석할 수 있다기에 들어갔더니 여러 사람이 드나드는 탓인지 아니면 교도들이 청결하 지 못한 탓인지 발바닥에 이물질이 많이 밟혀 그 리 기분이 좋지는 않았지만, 다양성을 통일하여

하나의 종교로서의 구체적인 기능을 가능케 하는
것은 카스트 제도인 스리비라마칼리아만 사원에서
의 경험은 해볼 만했다.

2013. 12. 11

몸살기가 돈다

방랑자가 되어 유랑을 즐기고 있었다 싱가포르 서
쪽 지역(Chiness Garden & Japaness Garde)고대 중
국의 기상이 날아 숨 쉬는 듯한 차이니즈 가든을
두 날개로 디디고 있었다
북부 황실 조경의 신선을 꿈꾸고 있었는지도 모른
다

푸른 하늘 가득 핀 꽃 구름이 하나가 된 조용한
산책길을 홀로 서성이는 내 모습을 본다
땅 밑으로 꺼질 것만 같아 아슬하기도 하다 싱가
폴의 후덥지근 습한 냄새가 코끝에서 맴돈다

건축가 유엔첸유의 비상에 곡선이 아름다운 디자
인을 뒤덮고 있는 장엄한 탑과 오밀조밀 어우러진
영원히 마음에 담아두고픈 청정수 같은 고요 속
오솔길은 물 샤워하는 바위틈 식물의 여유로움과
마음마저 초연해 흩어지는 시냇물의 소리가 숲속
의 감미로운 음악회를 연다.

아련한 옛 시간으로의 앙증맞은 역사를 담아낸 듯
한 긴 여운을 눈에 채우면 수많은 분재가 사랑 빛

으로 반짝여 저패니즈 가든(Japanese Garden)을
바라보는 파이훙치아오(Pai Hung Ch'iao)십칠공교
스타일 하얀 무지개다리에서 우연을 가장한 만남
이 기다려지는 순정 만화 주인공처럼 짜릿한 설렘
이 명치끝을 죄인다 한 폭의 풍경으로.

2013. 12. 12

보타닉가든(Botanic Gardens)

강나루 긴 언덕 모진 풍파 겪어낸 투박한 손등에 새뜻하고 진한 꽃이 피겠지 한 잎 두 잎 풀잎도 갈맷빛으로 짙어 오겠지
이제 길고 긴 겨울도 자리를 비우기 시작했다 휴일을 맞은 오늘은 강가를 산책하고 있다 후끈한 바람이 코안으로 쑥 들어온다 어디선가 약간은 맡아 본 듯한 느낌에 지난날 여행 일정에 다녀왔던 추억 속으로 가 본다

그날은 엄청나게 더웠다 습도가 매우 높은 날이었다 더위를 많이 타는 덕분에 늘 남보다 쉽게 지치고 땀도 많이 난다. 시원한 곳에 가서 휴식할 생각으로 보타닉 공원을 선택했다.

보타닉가든(Botanic Gardens)은 아열대 섬의 화려한 52헥타르의 방대한 지역에 자연 그대로의 원시림이다.
전체 규모만 약 63ha에 달하는 1859년에 개장한 60여만 종의 식물과 3개의 호수 산책로 등으로 구성돼 있어 일상에 지친 현지인들에게 사랑받는 힐링 공간이다

주제별로 꾸며진 다양한 정원들이 조화를 이루고 있는데 전 세계의 수천 희귀의 식물들이 있다. 최근 식물원을 2016년까지 완료 확장하고 문화유산 박물관도 열어 150여 년의 역사를 자랑하는 현재 크기의 1/6인 9.8ha를 더 확장하면 총 74ha에 달하는 개발계획을 수립하고 있다.

운동과 산책 등을 즐기며 많은 싱가포르인이 행복한 추억을 만들고 있으며 앞으로도 자손들이 공유하게 될 소중한 녹지 공간으로 도심 속에서 근사한 자연을 만나 사람과 식물이 교감할 수 있는 싱가포르 최고의 공원이다.

크게 탱글린센트럴 코어부킷 티마등으로 나뉘며 중심부에는 호수와 테마공원이 있다.

힐링 가든은 전통적으로 약으로 쓰이던 식물로 구성된 웰빙의 느낌을 주는 정원을 따라 산책하는 그것만으로도 지친 몸과 마음이 치유되는 느낌이 들었다

제이콥 발라스 정원에는 어린이들이 즐길 수 있는 물놀이 시설과 자연을 그대로 이용한 나무집과 미끄럼틀 독특한 놀이기구 등이 있어 아이들의 상상

력을 무한히 펼칠 수 있게 했으며 식물과 환경 간
의 상호작용에 대한 교육 전시물 등이 있어 아이
들의 교육 장소로도 유익할 것 같다
여러 식물의 진화를 보여주는 에볼루션 가든도 매
력적인 정원인 동시에 학습의 장으로 인기가 많다
고 한다

국립 난초 정원에는 3,000여 종의 진귀한 난초들
이 장관을 이루고 어디에서도 볼 수 없었던 독특
한 난꽃들을 찾아볼 수 있다

이 밖에도 1,000여 종의 생강이 모여 있는 진저 가
든과 향이 좋은 식물과 벤치로 구성된 쭉쭉 뻗
은 열대 수목이 우거진 곳에서 영화 상영이나 공
연이 펼쳐지는 심포니 레이크등도 각양각색의 특
별한 테마를 가진 정원이 있다.

열대다우림 길 레인 포레스트는 구석구석에 숨어
있는 정원 조형물과 우리나라에서는 볼 수 없는
특별하고 아름다운 나무들도 볼 수 있다

마치 자연 속에 도시가 있는 듯한 식물원이자 공
원인 보타닉가든 입구에 들어서는 순간부터 삼림

욕을 하는 기분으로 사진도 찍으며 그다지 바쁘지
않게 소풍 온 기분으로 긴장까지 놓아 버리고 쉬
었던 끝도 없이 펼쳐진 잔디와 울창한 수목들 60
만 종의 식물과 호수 고즈넉한 산책로 고목들의
가지에서 땅으로 공간 이동을 하느라 축축 늘어진
뿌리는 열대 지방에서나 볼 수 있었던 보타닉가든
에서의 기억들이 곧 곰비임비 벙글어질 꽃들과 탱
글탱글 가슴 부푼 종달새들이 짝하여 수양버들 넘
실거리는 이곳을 원도 끝도 없이 날겠지
오늘은 강변에서 추억의 책장을 넘기고 있다.

2013. 12. 15

나이트 사파리(Night Safari)

맹수와 함께하는 1994년 개장한 세계 최초의 야간 동물원 싱가포르 나이트 사파리 어둠이 깊어질수록 동물들의 야생본능은 깨어나 바스락거리는 소리 하나에도 온몸의 신경을 곤두세우며 먹이를 찾기 위해 모든 감각과 촉수를 세워 더욱 활동적으로 움직이는 습성을 모두 볼 수 있는 130여 종 900여 마리 이상의 야행동물이 서식하고 있어 여러 번 관광 명소 상을 받았을 만큼 인기 있는 관광지란다.

입구의 기념품점 옆길로 1~2분 거리에 동물 쇼를 볼 수 있는 야외극장에선 매일 밤 8, 9, 10시에
외국 어느 나라든 동물원에만 가면 쉽게 볼 수 있는 동물 쇼가 펼쳐지는데 조금은 괜찮았다 끝나면 같이 사진 촬영을 할 수 있는 시간도 따로 준다는 전부 돌아보는데 약 2시간 정도가 소요된다.

유명하다고 해서 우리도 선택한 여행 코스였는데 특별하다거나 그런 점은 없는 것 같았다.
달빛보다 어두운 조명만이 최소한으로 허용되기에
사파리 전체는 어둠에 잠겨 있다 거의 보이지 않았다.

어두운 산속에서 가끔은 걷기 코스로 야행을 즐기
는 사람들을 만나기도 했으며 중간마다 인디아 복
장을 한 보안팀들이 안내하며 안전을 담당하는 사
람들이 서 있다.
천천히 가는 열차를 타고 가다 보면 간혹 자기네
들끼리 장난치고 싸우기도 한다. 어둠 속에서 번
쩍이는 눈빛과 마주칠 때 살아있는 야생의 아름다
움이 조금이나마 마음속에 와 닿기도 했다.

가이드가 최선을 다해 관광객들이 무서움을 느낄
수 있도록 설명하려 애를 쓰기도 하는데 영어로만
한다. 내내 뭔가 아쉬웠으며 솔직히는 돈 아깝다
는 생각도 들었다 동물 구경 확실히 하고 싶다면
낮에 방문하는 것이 나을 것 같다는 생각이 든다.
가장 기억에 남는 건 야행성을 살리기 위해 철조
망이 없는 자연에 가까운 환경을 조성했다는 것이
다

맹수들은 폭이 2m가 넘는 깊은 웅덩이를 조성해
서 분리해 놓았으며 위험이 덜한 초식 동물들은
낮은 울타리로 나눠놓은 것이 전부였다

2013. 12. 17

머라이언 동상

떨어지는 봄볕 뒤에 남국의 냄새가 숨어 있었나보
다 날 세운 바람 떠난 자리에 머라이언 동상이 조
용히 누워버린다.

수마트라의 왕자가 싱가포르에 처음 상륙했을 때
사자와 비슷하게 생긴 동물을 보았다 해서 사자의
도시 싱가푸라라는 이름이 붙여졌다고 한다.

사자Lion를 뜻하는 싱가 머라이언 동상 상반신 사
자는 한 마리의 수컷이 여러 암컷을 거느리고 다
니는 습성으로 백수(百獸)의 왕으로 불리며 수사자
는 동서양을 막론하고 왕권의 상징으로 사용된다

하반신은 물고기 또는 어류로서 항구도시의 이미
지를 나타내는 인어 머라이언이라는 상상 속의 동
물을 만들고 동상까지 세웠다고 한다

맑은 연둣빛 생명의 익숙한 숨결을 보고 있노라니
센토사(Sentosa)섬에도 있지만, 시내 남쪽 앤더슨
다리 부근에 있는 머라이언 공원(Merlion Park)

전부가 백색의 음성으로 머리끝을 오간다.
낮에는 싱가포르를 오가는 배와 푸르게 펼쳐진 하
늘을 배경으로 늠름한 숫 라이온의 모습 밤이 되
면 조명을 받으며 요염하고 깊숙이 품은 따스한
웃음소리가 온전한 그의 발걸음이다.

해가 넘어가는 소리도 없는 어둑해진 저녁까지 싱
가포르는 평화롭고 아름답지만 1년 내내 같은 기
후에 자연풍경의 변화도 거의 없어 우리나라 사람
들에게는 조금 지루한 곳일지도 모르겠다.

보리꽃이 만발한 언덕을 보고 있노라니 오늘따라
흘러내리는 생각이 심하게 따뜻한 그늘로 채우고
있구나

2013. 12. 18

센토사 섬

그날은 습도가 매우 높은 날이었다 시원하고도 즐
길 거리가 있는 관광지 [63]센토사섬 해변을 찾았다.
가족끼리의 여행이라 일찌감치 할머니가 되어버린
나는 아이들이 노는 모습을 보는 것만으로도 행복
하고 오물거리며 맛있게 먹는 것만으로도 감사했
다.

동남아시아, 말레이반도의 끝에 있는 서울 여의도
크기와 맞먹는 "평화와 고요함"을 뜻한다는 유명한
휴양지 인도네시아, 말레이시아, 브루나이, 싱가포
르의 공용어를 사용하는 섬나라이자 도시 국가이
다.

본래 영국 해군의 전초기지 역할을 하던 곳이었다
는데 지금은 섬 전체가 휴양 시설로 바뀌었다
적도 가까이 위치해 해변 여럿 중 이곳에서 잠시
시간을 보내기로 했다

---

63) 센토사 섬은 싱가포르의 가장 큰 관광거리이자, 휴양 섬으로 해
   변을 즐기러 오는 여행자들로 북적이는 곳이다

동양 최대의 해양수족관은 세계 각지의 바다에서 서식하는 약 2,500종류의 산호와 해양 생물들을 전시하고 있으며 바닥은 자동 보드로 되어 있어 걷지 않아도 내부를 돌아볼 수 있고 시간 맞춰 바다 생물들에게 먹이를 줘 관람객이 가까이에서 볼 수 있으며 밤이면 조명과 음악 분수 쇼가 환상적 이라고 한다

아시아 사람들의 생활상을 그대로 재현한 아시안 빌리지 어린이들을 위한 판타지 아일랜드, 넓고 흰 모래사장이 펼쳐지는 센트랄 비치와 자전거 하이킹을 즐길 수 있는 코스, 볼케이노 랜드 등 다양한 볼거리가 가득한 센토사 섬은 '작은 놀이 왕국' 이었다.

비치 사이에는 비치 트레인이라는 케이블카로 연결되는데 이곳에도 눈이 야광으로 빛난다는 머라이언이 있다 크고 내부로 올라가면 전망대가 있어 섬과 싱가포르를 바라 볼 수 있다.

다양한 콘셉트의 4개 고급 호텔과 첨단시설을 갖춘 대형 룸과 26개의 연회장, 1,600여 석의 그랜드 극장과 화려한 카지노를 갖추고 있다.

7개 테마 존은 잃어버린 세계, 뉴욕, SF 시티, 고대
이집트, 파파어웨이, 마다가스카 등이있다.

그 중이 할리우드 존의 '트랜스포머 어트랙션'.
영
화 속 주인공이 된 듯 오토봇들과 전투를 할 수
있으며 짧은 시간 동안 다른 세계로 인도한다.

이외에도 열대 우림 속 공룡의 공격을 피하고자 레
프트를 타고 탈출하는 '쥐라기 파크 래피드 어
드벤처' , 영화 '워터월드'를 테마로 한 워터월드
존
에서는 죽음도 불사하는 화려한 쇼도 감상할 수 있
다.
민트토이 박물관은 아빠, 엄마들 장난감이 가득해 어
른들도 덩달아 추억을 맛볼 수 있다

다양한 나라의 요리를 맛보는 즐거움은 화려한 싱
가포르 미식 기행가들에겐 참 좋을 듯하지만 우리는
또 한식집에서 늦은 점심을 먹기 위해 줄을 서
서 기다렸다

세계에서는 다섯 번째, 아시아에서는 일본 오사카에
이은 20㏊ 규모의 유니버설스튜디오다 게다가 더운
날씨를 고려해 쉽게 지치지 않도록 모든 동선을 짧

게 배치했다고 한다.

북쪽의 조호르 해협과 남쪽의 싱가포르 해협을 두고
각각 말레이시아와 인도네시아와 분리되어 있
다. 누구든 싱가포르를 방문할 일이 있다면 한 정도
는 권할 말 한 곳이다.

2013. 12. 22

주롱 새 공원(Jurong Bird Park)

세계에서 가장 규모가 크고 수많은 새가 모여 사
는 낙원 가장 살기 좋은 환경을 조성해 철조망이
없어도 도망가지 않는 정부 소유의 회사에서 경영
하며 1971년 문을 열었다.

싱가포르 도심지에서 약 24㎞ 떨어진 주롱 구릉
지대의 경사면에 있는 면적 20㏊에 600여 종 이상
이나 되는 약 9,000마리의 새들이 살고 있다

조류 사육장에는 여러 종류의 앵무새 꿩 코뿔새류
극락조 등과 동남아시아산 종들을 포함한 4,000마
리의 조류가 분산되어 사육되고 있다

이들은 풀이 우거진 조경과 어우러지게 꾸며져 전
시되고 있으며 아름다운 새들이 거대한 울타리 안
에서 서식하고 있다.

원형극장에서 펼쳐지는 플라밍고 마코 무소 새 앵
무새들의 쇼는 재미있고 흥겨운 볼거리다

 송버드 테라스(Songbird Terrance)에서는 새의

노래를 들으면서 아침 식사를 즐기는 색다른 경험
도 가능하다고 한다
또한 펭귄 퍼레이드(Penguin Parade) 구역은 남극
의 모습을 그대로 재현한 펭귄의 안식처이며 바닷
새들도 함께 서식하고 있다.

색깔이 화려한 큰 부리 앵무새와 코뿔새 그리고
동남아시아의 적도 부근 정글에서 온 새들도 있
다.

현대적인 냉방장치가 잘된 파나 레일(Panorail)은
구석구석 돌며 다양한 구역의 아름다운 풍경을 보
여주니 더운 날씨에 이용하기 딱 좋은 교통수단이
다

지금 내가 밟고 있는 오솔길에도 봄을 안고 온 마
알간 초유의 햇살과 노박이로 내통한 애젊은
참나무가 온몸이 몽롱한 오르가슴을 하고 있다.
2013. 12. 25

히포 리버 크루즈

남이섬행 배에 몸을 실었다 잿빛 하늘이 강물 속
에서 찢어지고 깨진다

반나절이 아직 오르지 못한 산 중턱인데 물속을
메아리치는 싱가포르 유람선 여행 때의 기억이
저벅저벅 따라나선다. 늘 여행하며 많은 것들을
보고 느끼지만, 싱가포르는 조금 특별하다.

섬세한 손길로 조각한 듯 잘 정돈된 도시가 4면의
바다를 열어 세계의 자본과 기술을 받아들인 거대
한 인공정원 같다

철저한 통제와 계획에 따라 좁은 땅을 나눠서 아
껴 쓰는 지혜가 절박했던 지난날을 잘 견뎌낸 수
확의 보람 아닌가 싶다

강변을 미끄러지듯 멀라이언 공원 클락 키 등 고
층 빌딩 숲에서 뿜어져 나오는 조명과 강을 가로
지르는 아름다운 빛의 축제들 마리나 베이 샌즈에
서 시작되는 레이저 불빛 쇼의 화려함과 밤이 되
면 강가의 카페들도 활기차다.

각 명소를 지날 때마다 얽힌 이야기나 역사적 사
실이 스피커를 통해 흘러나온다.

밤에 즐기는 히포 리버 크루즈 여행은 마음 놓고
즐길 수 있는 화려함이라고 말할 수 있다.
오늘도 깔창 밑에 낀 돌 부스러기가 열병을 앓고
있다

2013. 12. 14

저자의 애송시

고도를 위하여

임영조

면벽 100일!
이제 알겠다, 내가 벽임을
들어올 문 없으니
나갈 문도 없는 벽
기대지 마라!
누구나 돌아서면 등이 벽이니

나도 그 섬에 가고 싶다
마음 속 집도 절도 버리고
쥐도 새도 모르게 귀양 떠나듯
그 섬에 닿고 싶다

간 사람이 없으니
올 사람도 없는 섬
뜬구름 밀고 가는 바람이
혹시나 제 이름 부를까 싶어
가슴 늘 두근대는 절해고도(絶海孤島)여!

나도 그 섬에 가고 싶다
가서 동서남북 십리허에
해골표지 그려진 금표비(禁標碑) 꽂고
한 십 년 나를 씻어 말리고 싶다

옷 벗고 마음 벗고
다시 한 십 년
볕으로 소금으로 절이고 나면
나도 사람냄새 싹 가신 등신(等神)
눈으로 말하고
귀로 웃는 달마(達磨)가 될까?

그 뒤 어느 해일 높은 밤
슬쩍 체위(體位) 바꾸듯 그 섬 내쫓고
내가 대신 엎드려 용서를 빌고 나면
나도 세상과 먼 절벽섬 될까?
한평생 모로 서서
웃음 참 묘하게 짓는 마애불(磨崖佛) 같은

신인문학상 공모

대산문학에서는 마음의 밭을 일구는 마음으로
신인문학상 작품을 공모하고 있습니다.

응모부문
1. 시 5편이상 10편 이내
2. 수필 3편 A4용지 3장 내외 3편
3. 시조 5편이상 10편 내외
4. 동시 5편이상 10편 내외
5. 소설부문 A4용지 9장 내외 1편 이상
6. 주제는 제한 없음

응모요령
1. 한글 파일로 이메일 접수로만 가능
2. 응모부문, 작품명,본명,연락처,주소, 생년월일 기재
3. 응모작은 온오프라인 어디에도 미발표작이어야 함
4. 수상작 발표는 개별 통지
5. 신인 수상자는 기성문인으로 대산문학을
   대표하는 작가로 활동을 한다.

대산문학회 사무처
문의전화 : 032-674-9969
Mobile : 010-4614-4623
E-mail : 5hyunja@hanmail.net

고현자 시집

고현자 제3시집

벽시계의 하루

인쇄   2021년 10 월 30 일
발행   2021년 11 월 1 일

   지은이   :   고현자
   펴낸이   :   고현자
   펴낸곳   :   대산문예출판사
   삽 화   :   고현자
   등록번호 :   4809601324

부천시 고강로 154번길 15-13
 mobile :   01046144623
전자우편 :   5hyunja@hanmail.net

값 10,000원
ISBN 979-11-972723-1-8(03800)

이 도서의 국립중앙 도서관 출판시 도서목록(CIP)은 서지정보유통지원
시스템 홈페이지(http://seoji.nl.go.kr)와 국가자료공동목록시스템
(http://www.nl.go.kr/kolisnet)에서 이용하실수 있습니다